魔法少女育成計画
restart(前)
Presented by
Endou Asari
遠藤浅蜊
illustration
マルイノ

フランティル
半分だけいろんな
動物に変身できるよ
ペチカ
とても美味しい
料理を作れるよ
御世方那子《みよかたのなこ》
どんな動物とも
友達になれるよ
リオネッタ
人形を思い通りに
操ることができるよ
ププレ
猛スピードで走る
魔法の車椅子を使うよ
MAGICAL GIRL'S

のっこちゃん
まわりの人の気分を
変えられるよ
マジカルデイジー
必殺のデイジービームを
撃てるよ
@娘々《あっとまーくにゃんにゃん》
お札の中にものを
閉じこめられるよ
夢ノ島ジェノサイ子《ゆめのしまじぇのさいこ》
魔法のスーツで
どんな攻撃でもへいきだよ
マスクド・
ワンダー
いろんなものの重さを
変えられるよ
シャドウゲール
機械を改造して
パワーアップできるよ

チェルナー・マウス
ものすごく
大きくなれるよ
ディティック・ベル
たてものと
お話しできるよ
ラピス・ラズリーヌ
宝石を使って
テレポートできるよ
メルヴィル
色を自由に変えられるよ
アカネ
見えているものなら
なんでも斬れるよ
MAGICAL GIRL'S

魔法少女育成計画
restart（前）

Presented by
Endou Asari
遠藤浅蜊
illustration
マルイノ

KL!
このラノ文庫

CONTENTS

イラスト：マルイノ
デザイン：AFTERGLOW

Go ahead!!

魔法少女育成計画とは？

☆初心者でも入りやすい簡単さ&熟練者を飽《あ》きさせない奥深さ！
★マジカルトレースシステムにより可能となった現実と変わらない操作感覚！
☆リアルの極致《きょくち》に達した超美麗《びれい》なグラフィック！
★無限に増え続けるアイテムがコレクター魂《だましい》に火をつける！
☆どれだけプレイしても完全無料！　課金一切無し！

魔法少女の皆さん、剣と幻想の世界へようこそ！

『魔法少女育成計画』は魔法少女専用ソーシャルゲームとして生まれ変わりました。仲間同士で絆《きずな》を深め合い、力をもって強敵に立ち向かう。強さと優しさ。知恵と勇気。全てを備えなければ、この世界で生き抜くことなど到底できません。

封印されたエリアを開放しながらどんどん先へと進んでいきましょう。最深部に潜《ひそ》む魔王を倒し、ゲームをクリアする頃には、リアルでも魔法少女として成長しているという、教育、訓練用シミュレーターとしての側面も持つスーパーなＲＰＧなのです。
十五人の仲間と協力して魔王を討伐《とうばつ》し、世界に平和をもたらしましょう。

・ゲームの目的……魔王を討伐する。
・クリア報酬……百億円。ただし魔王を倒したプレイヤーのみ。
・エリア開放報酬……百万円。ただしエリアを開放したプレイヤーのみ。
・参加賞……十万円。ゲームオーバーしても支払われる。

プロローグ

「デイジー！　あの倉庫だ！」

腰に提《さ》げたポシェットから首だけ出したパレットが叫んだ。指し示した先には周囲のビルと比べて一際《ひときわ》背の低い、古く、いわくありげな倉庫がある。中でなにが起きているか知っているマジカルデイジーには、猟奇的《りょうきてき》にさえ見えた。

ビルの間を縫うように走り、さらにはビルを蹴り、その反動で別のビルを蹴り、ビルとビルの間を跳び、跳ねる。

今日、ビル街の外れにある倉庫の中で麻薬取引がある。マジカルデイジーは「魔法の国」から指令を受け、あの倉庫を急襲し、悪党どもを全員捕縛《ほばく》したのち通報する。

マジカルデイジーは、ビルの壁を蹴り、空中で身体を半回転させた。

ビルの間を吹く風が強く頬《ほお》を打つ。髪が、スカートが、花飾りが、ばたばたと風になぶられている。天地逆の体勢で倉庫に指を突きつけた。

「それじゃいくよおっ！　デイジービィーム！」

魔法少女とは、魔法の国から力を授《さず》かり、世のため人のため、ほんの少しだけ自分のために、その力を使うよう命じられた所謂《いわゆる》「魔法使い」の一形態である。身体能力は生物の限界を超え、物理法則を超越した「魔法」を使う。

古来より宗教、異端《いたん》、錬金術《れんきんじゅつ》、悪魔崇拝《すうはい》、土俗信仰《どぞくしんこう》、等々、魔法・奇跡を必要とする勢力は数多《あまた》あった。それら勢力と世界平和のため協力してきた夢とファンタジーの理想郷「魔法の国」は、近年になり、魔法少女というある種革命的なサブカルチャーを作り出した。

優しく、可憐《かれん》で、美しく、強い心を持ち、けして諦《あきら》めず、人間を守る。その概念《がいねん》は広く浸透し、魔法少女に憧れる少女、あるいは少年、ともすればもっと大きなお友達を多数生み出し、魔法の国の潜在的《せんざいてき》あるいは顕在的《けんざいてき》協力者を養成する土壌《どじょう》となった。

魔法少女はけして姿を現すことなく、社会や生活へ密《ひそ》やかに根付き、その活躍が表面に出ることは滅多《めった》にない。滅多にない、というのはイコール稀《まれ》にある、ということでもある。

それは偶発的な事故だったりもするが、そういうアクシデントは「魔法の国」により粛々《しゅくしゅく》と処理され、関係者の記憶や行政の記録が改竄《かいざん》されて無かったことになる。

事故以外では宣伝がある。

一部魔法少女の活動が、脚色や修正を経て、アニメや漫画として発表されることがままあった。「魔法の国」に恩恵を受けている人間やこの世界で活動している「魔法の国」の住人は意外なほど多く、制作会社やテレビ局にも根を張っているのだ。

一般の視聴者は、それが現実にあった出来事と知ることもなく作品を楽しみ、モデルとなった魔法少女は誇《ほこ》らしげに胸を張る。

数年前に放映されたテレビアニメ「マジカルデイジー」もまたそんな作品の一つだった。花の世界から現代の日本に留学した魔法のお姫様が巻き起こす大騒動。普段はどこにでもいそうなただの中学生が、いざピンチになると魔法少女マジカルデイジーに大変身。マスコットキャラクターのパレットとともに、悪党を蹴《け》散《ち》らし、困ってる人を助ける正義の味方。でもその正体を知られてはならない。誰かに知られてしまったが最後、花の世界に強制送還《そうかん》されてしまう。

アニメ「マジカルデイジー」は実在する魔法少女の活躍を元にしていた。花の世界から留学したお姫様という設定は捏造《ねつぞう》だったが、それ以外は概《おおむ》ね忠実に再現されていた。

どこかで犬が遠吠えをしている。

道路の真ん中で大の字になって酔っ払いが寝ていた。抱き起こすと熟柿《じゅくし》の匂いがぷんと香る。「だからどうした」とか「クソッタレ」などと毒づいているが、ほぼ寝言《ねごと》に近く、意識がない。酔っ払いの所持品であろう革《かわ》の鞄《かばん》を漁《あさ》り、財布《さいふ》から免許証を取り出す。住所を確認し、酔っ払いを担《かつ》ぎ上げ、その住所まで一息に走った。

玄関横に寝かせ、呼び鈴《りん》を押す。

恐らくは奥さんだろう。「お父さんなにやってんの！」と怒鳴る中年女性の声を聞き、任務は完了した。しかし人助けの一つを完遂《かんすい》しただけだ。今日の人助けが全て終わったわけではない。これから繁華街に出向き、パトロールだ。問題がないか、揉《も》め事がないか、逐一《ちくいち》チェックし、ようやく帰路につく。

大学から私鉄を乗り継ぎ十五分でパトロール地区となる繁華街。そこから四駅。駅前から歩いて五分とは思えない、静まり返った住宅街にある一階建安アパート、ほぼ長屋。その一室が八雲菊《やくもきく》の住処《すみか》だ。

ベニヤより辛うじて厚い天井と叩けば崩れる砂壁。トイレは共用の和式で風呂は近所の銭湯。なにより大家は因業《いんごう》。ガミガミ屋で僻《ひが》みっぽい金棒引《かなぼうひ》き。長所は家賃の安さのみ。

「ただいま」

長年の生活習慣というものは早々変えられない。誰もいない部屋に菊の声が響いた。

壁の防音機能は最低ランクであるため、この挨拶《あいさつ》も丸聞こえだろう。両隣の住人からは寂《さび》しい女だと思われているかもしれない。

実際寂しい女であることは否《いな》めない。

座卓の上にあったプラスチックケースからキシリトールガムを二粒取り出し口の中に投げ入れガリガリと噛む。通学用のトートバッグを畳まれた布団の上に投げ、その横に腰を下ろした。吐息《といき》が漏《も》れる。倒れようとする身体を両腕をつっかえ棒に支えた。

マジカルデイジーとして大活躍していた中学生の時分は毎日が楽しくて仕方がなかった。高校生になる頃には担当していた大きな事案も軒並《のきな》み解決し、マスコットキャラクターのパレットも魔法の国に帰ってしまった。別れの時流した涙は双方《そうほう》合わせてガロン単位だったのではないだろうか。

寂しくないわけではなかったが、パレットとは魔法の端末《マジカルフォン》でメールのやり取りができたし、ちょうどマジカルデイジーがアニメ化された頃でもあった。魔法の国がこの世界に対してどういうコネクションを持っているのか知らないが、マジカルデイジーの活躍がかなりの再現度で表現されていた。

大人気とはいかないまでも評判は悪くなく、続編がＯＶＡを含めて二作まで作られた。菊は魔法少女としてパトロールに精を出す傍《かたわ》ら、にやにやしながら専用掲示板にカキコミをしたり、通販サイトの売り上げをチェックしたりしたものだ。

そして大学生になった。

大学のレベルは大体真ん中くらいだ。もっと一生懸命勉強できれば、より上の学校を狙えたのかもしれなかったが、魔法少女としての活動を優先した菊には勉強に使える時間はそれほど多くなかった。鍛錬《たんれん》やパトロール、悪人退治は、魔法少女が魔法少女であるためにいずれも欠かすことができないものだ。

中学や高校の友達とは疎遠《そえん》になり、大学では友達と呼べるような人はいない。家を出て、何一つ言葉を発することなく帰ってくることも少なくはない。

住宅環境は劣悪《れつあく》だ。魔法少女活動に時間をとられてバイトをする暇《ひま》がない。実家は町工場で、この不景気下いつだって瀬戸際《せとぎわ》でやりくりしている。仕送りをもらえるだけでもありがたい。

服は大型量販店で購入したものばかり。それさえも最近は買っていない。

化粧のやり方もろくに知らない。

資格の一つも持っていない。普通免許もない。

全て魔法少女には必要がないものだと思っていたし、それでいいとも思っていた。陰で苦労して表で活躍する。菊にとっての正義のヒーローとはそういうものだ。

だが最近はそれでいいのかと思う。ヒーローとしての活動は、中学生の頃ほど華やかなものではない。誰にも姿を見られないよう気をつけて行う秘《ひそ》かな人助けだ。まとめサイト等のサポートによって魔法少女の存在をもっとオープンなものにする実験的試みもあったらしいが、色々とあって頓挫《とんざ》したらしい。隠れ、潜《ひそ》み、誰からも褒《ほ》められず、直接感謝の言葉をもらうこともなく、地味で目立たない活動を続けている。

もっと勉強していれば。もうちょっと遊んでいたら。おしゃれな服を着たり、男の子に声をかけられたり。カラオケって行ったことない。ボウリングもやってみたい。将来なにになるんだろう。いつまで魔法少女をやるんだろう。

　人助けをしながら、こんなことばかり考えている。

　雨が降ってきたようだ。雨だれが波板を打つ音が聞こえる。生活苦を象徴する嫌な音。もう一度、大きくため息をつくと魔法の端末が「マジカルデイジー」のＯＰテーマを鳴らした。メールの着信音だ。

　パレットからの愚痴《ぐち》メールだろうか。それとも「魔法の国」からの緊急連絡か。畳の上を膝《ひざ》でいざって魔法の端末を手に取り、メールの受信トレイを起動した。

「魔法少女……育成計画？」

　どこかで聞いたことがある。そんなソーシャルゲームがあったような……。ということはゲームの宣伝メールだろうか。それとも何かの悪戯《いたずら》だろうか。さっさと削除するべく魔法の端末を操作する。

「……あれ？」

　メールを削除できない。タッチパネルが壊れたのかと、より強く押してみたが動かない。菊の操作を無視してスルスルと画面がスライドしていく。幾《いく》つかの説明文を経て、画面はメールの最下に行き着いた。

『それではゲームをスタートします』

　明朝体《みんちょうたい》の簡素な文章が七色に輝き、菊はその眩《まぶ》しさに目を眇《すが》めた。

第一章　ハローデイジー

☆ペチカ

魔法少女として活動する上で、人間に顔を見られることがままある。基本的に姿を隠しての隠密《おんみつ》行動が奨励《しょうれい》されていたが、魔法少女を奇異《きい》なものとして受け取らない、ほんの小さな子供が相手であれば、推奨《すいしょう》されないまでも見られても仕方ない、という暗黙の了解的なものがあった。

夏の盛り、アスファルトが暑さで柔らかくなりそうな昼下がりの公園。蝉《せみ》は声も嗄《か》れよと鳴き叫び、奥様方がひそひそと噂《うわさ》話に興《きょう》じる。

母親の用事が終わるのを待っているのだろう。幼稚園年少くらいの女の子が、直射日光を避けて日陰でしゃがんでいる。右手には白く細い紐《ひも》を握り、その先には薬局のロゴが印刷された赤い風船が浮かんでいた。赤い風船は、木漏《こも》れ日でまだらに照らされ、ふわり、ふわりと宙を漂う。

不意に風が吹いた。女の子は紐を握った右手を庇《ひさし》にして目をかばう。はずみで掌中《しょうちゅう》からするりと紐が抜け、あっ、と空を見上げた。風船は青空を目指して上昇していく。女の子の表情が驚いた顔から泣きそうな顔に変わりかけたその時。

どこからともなく現れた魔法少女が、たたっと駆け寄り、大ジャンプで手放してしまった風船を引っ掴《つか》み、はいと笑顔で差し出した。大人が相手なら見られないよう気を配るが、子供が相手なら笑顔を見せるくらいのサービスをしてもいい。女の子は「ありがとう！」と大きな笑顔で元気に礼をいい、「お姉ちゃん……とっても綺麗《きれい》だねー」とうっとりする。

いわれた魔法少女「ペチカ」はだらしなくにやつきながらも、お母さん達には見られないようにしないと、と素早く身を隠す。魔法少女の衣装は大変に目立ち、昼間の活動はけっこう怖い。素早く、手早く、が昼の魔法少女活動における基本だ。

そう、建原智香《たてはらちか》にとっては「魔法」や「身体能力」よりも「見目麗《みめうるわ》しい少女に変身すること」が重大事だった。魔法少女になった理由の七割がそこにあるといっていい。

智香は自分の見た目が好きではない。全体にほくろが多すぎるし、鼻が上を向きすぎている気がする。胸の形と大きさが左右で揃《そろ》っていない。指の先が太くごつい。O脚が酷《ひど》くて膝が合わない。牛乳をたくさん飲んでも背が低い。目はもっと大きくていい。

ブスといわれたことはない。でもかわいいとか美人といわれた記憶もない。周囲の人は智香の容姿に触れないようにしている、ような気がする。被害妄想《ひがいもうそう》に近いような、でもやっぱり事実のような、そんな気がする。

中学校でも目立つポジションを避《さ》け、なるだけ平均を心がけ、良くいわれることはないけど悪くいわれることもない、そんな位置取りでここまできた。

それが悪いと思ったことはない。目立たないは目立たないなりに楽しくやれる。禁止されているゲームセンターでゲームやプリクラをしたり、読書クラブでは良くない本を回し読みしたり、放課後になればマスカラごってりといった子達ほどではなくても、ちょっとした悪いことをして楽しむくらいはできる。

だが、できないことはある。

野球部の二宮《にのみや》君はエースで四番、将来はプロ選手確実、今からスカウトが周囲を徘徊《はいかい》しているという逸材《いつざい》だ。性格は大らかでいい加減、趣味は野球と食事と睡眠、身長体重ともに中学生離れしていてパッと見恐ろしげな印象を与えるが、話してみると話好きでよく笑う。その爽《さわ》やかな笑顔と野球の実力に魅了《みりょう》された女子は校内に留《とど》まらず、近隣《きんりん》の中学、高校、大学生が試合どころか練習にまで応援に駆けつける。

智香もご多聞《たぶん》に漏れず二宮君の大ファンだった。自分はミーハーなだけの連中とは違う、彼のプレイを好む純粋な野球ファンだ、特にあのスライダーは魔球のレベルに達している、などと心の中で言い訳していた。

試合や練習が終わると、タオル、砂糖漬けレモンや水入りの薬缶《やかん》、思い思いの物を持って女性ファンは駆け寄っていく。暗黙の了解的なものがあり、女性ファンは見た目の良し悪しによって駆けていく順番が決まる。

もしここで智香が他を押しのけて二宮君に近寄れば、明日以降学校で後ろ指を差されたり噂されたり除《の》け者にされたりして、残りの中学生活が暗黒に染《そ》まるだろう。

だが智香が智香ではなく、アイドルとかモデルとかそういう人種のような見た目だったらどうだろう。誰も智香には文句をいわない、文句をいえないのではないだろうか。

二宮君に近寄りたい、一生懸命作ったお弁当を食べてほしい、そのためには今の自分ではない何者かになりたい。美しい容姿を希《こいねが》っていた智香にとって、魔法少女になるチャンスは渡りに船で、選抜試験を死ぬ気で潜《くぐ》り抜け、智香は魔法少女「ペチカ」になった。

そして今。鏡に映る自分の姿を見てほうっと息を吐いた。いつものため息ではない。鼻梁《びりょう》はすっと通り肌は肌理《きめ》細やかで気にしていたほくろは消えている。目は大きく、瞳は力強く、眉《まゆ》は手入れもしていないのに美しい曲線を描いている。指はしなやかで指先は細く形良い。胸の形が左右で違うどころではなく、大きさも形も弾力も全てが智香の思い描いていた理想に近く、歪《ゆが》んでいた脚はすらっと伸びている。

にこっと笑う。くるっと回る。ポーズを決める。一挙手一投足《いっきょしゅいっとうそく》が愛らしい。強《し》いていうなら服装が華美《かび》過ぎる、か。魔法少女のコスチュームとしては相応《ふさわ》しいが、服飾全体の自己主張が激しすぎる。ペチカ自身はその自己主張に負けないだけのインパクトを持つが、日常生活には派手過ぎた。

智香はペチカに変身し、服を脱ぎ、装飾を全て外した。憧れて買ったはいいが似合わず、着て出歩く勇気もないまま箪笥《たんす》の肥《こ》やしにしていた「避暑地のお嬢様に似合いそうな白いワンピース」に袖《そで》を通し、家族に見つからないようそっと家を出た。

魔法少女になってから一年半、中学二年生だった智香も三年生になった。鏡の前で自分を眺《なが》めるだけの日々は今日でおしまいにする。毎日人助けに明け暮れながら、なんだかんだと理由をつけて日延べしてきたが、これ以上は延期できない。今日こそが決行の日だ。

美味《おい》しいお弁当を作る時間は無かったため、「美味しい料理を作ることができる」ペチカの魔法を使い、道中でこしらえた。やや味気なくあるが、ちょっとつまんでみると、抜《ばっ》群《ぐん》に美味しかった。弁当箱に詰め、ささっと包んで差し入れの完成だ。

グラウンドに足を踏み入れる。可愛いと思っているのが自分だけで、実は元々の智香と大差なく、白い目で見られるだけなのではないか……という一年半に渡って繰り返されてきた智香の杞憂《きゆう》は、女の子達の驚愕《きょうがく》、羨望《せんぼう》、嫉妬《しっと》、それらの視線で払拭《ふっしょく》された。こそこそひそひそと話すファンの波が、ペチカが進めば、開き、先を譲《ゆず》ってくれる。この場では容姿《ようし》の良し悪しが順列になり、マスカラこってりの子よりもペチカが優先されるのだ。

ペチカは堂々と歩いた。なんとかコレクションのモデルのように歩いた。智香のままだったらこんなこと絶対にできない。

　ファンの先には二宮君がいた。友達と話をして笑っていた。その友達がペチカを見てぎょっとしたような表情を浮かべ、二宮君の脇をつついてペチカを指した。二宮君がペチカを見た。どんな顔をしていたのかはわからない。顔を合わせることができなかったからだ。泥《どろ》のついたスパイクの爪先《つまさき》を見つめたまま「応援してます。頑張ってください」と早口言葉のように素早く告げ、弁当包みを押しつけた。二宮君はなにかをいっていたようだが、聞き取れなかった。ペチカが弁当包みを押しつけるなり後ろを向いて駆け出したからだ。

　来た時と同じようにファンの波を開いて家に帰り、家族の目を避けつつ自室まで戻って、変身を解除してベッドに倒れこんだ。ああ、とか、うう、とか、意味不明な言葉を唱《とな》えながら身悶《みもだ》えした。

　魔法の端末がメールの着信音を鳴らしていたが、確認するだけの余裕はなかった。

　ベッドの上に伏《ふ》せ、悶えていた智香は、前置きも前触《まえぶ》れもなく唐突《とうとつ》に地面へ叩きつけられ、恋する乙女としてではなく、一被害者として悶え苦しんだ。口の中に土や小石が入ってくる。鼻と額《ひたい》がぎりぎりがりがりと痛む。柔らかく清潔だったはずのベッドが、突如《とつじょ》硬い凶器に変化した。

　智香はなにが起こったのか確認しようと、硬い地面の上で身体を返したが、光が強く目を開けられなかった。瞼《まぶた》の裏が強烈に白い。

しばらくして光の強さに目が慣れていくと、周囲の光景の異常さ、奇妙さが目視《もくし》きるようになった。

日差しが強い。太陽がギラギラと輝いている。雑草がポツポツと生えている。荒野が地平線まで続いている。背の高い建物はビルのようだ。視界内だけで三本見えるが、全て崩《くず》れかけている。と、ここで気がついた。視力が人間時より大幅によくなっている。智香はいつの間にかペチカに変身していた。

手、足、腰から下、腰から上、ぺたぺたと触《さわ》り、しっかりと見た。やはりペチカに変身している。試しに軽くジャンプしてみると、垂直飛びで三メートルは飛び上がって着地した。やはり変身している。魔法少女への変身機構が智香の意志に関係なく作動することなど、今まで一度だってなかったのに。

「どこ？　なんで？」

どこだろうか。日本国内とは思えない。北海道辺りに行けばだだっ広い原野があると聞いたことはある。しかし崩れかけたビルがセットで付属しているとは思えない。内戦が勃《ぼっ》発《ぱっ》したとか、他国からの侵略《しんりゃく》を受けたとか、そういう事情の外国だろうか。それならビルはあるかもしれないし、この荒涼《こうりょう》とした景色にはそういう種類の血生臭《ちなまぐさ》さが合っている。まるで人影がないのも納得できる。

そして、ここに来た理由だ。皆目《かいもく》わからない。ベッドで幸せに悶えていたはずなのに。

あまりにも幸せ過ぎて、そのバランス取りというかしわ寄せがやってきたのか。それとも魔法少女の力を人助け以外に私的利用したことでなにかの罰《ばつ》を受けているのか。

そうだ、とペチカは思い出した。ここへ来る直前、魔法の端末がメールの着信音を鳴らしていたはずだ。ひょっとするとそれが関係しているのかもしれない。

魔法の端末を取り出した。通常のスマートフォンと同じ機能に加え、なにもないはずの場所から取り出せる優れた携帯性と、ハート型という魔法少女に相応しい優れたデザイン性を持つが、ハート型の画面は見にくいと不評で、機能性についてはさほどでもない。

魔法の端末の画面には、明朝体の簡素な字体で「チュートリアルモード」と表示されていた。ペチカは首を捻《ひね》った。見たことのない画面だった。メールソフトを呼び出そうとしたが、どうしたわけか端末が反応しない。画面が勝手にスライドされていく。

『チュートリアルモードでは魔法少女育成計画の戦闘を実際に体験していただきます。敵を撃破《げきは》してマジカルキャンディーを手に入れてください』

魔法少女育成計画？　戦闘？　敵？　マジカルキャンディー？

と、ペチカを取り囲むようにして地面が震えているのに気づいた。地震ではない。地面全体ではなく、地面の一部が震えている。震え、盛り上がり、ぼこっと内側から穴が開き、白い腕が伸び、腕の持ち主が地面の中からよっこらと現れた。

歯と骨を鳴らし、ゆっくり身を起こす。眼窩《がんか》の奥は闇《やみ》に隠れてなにも見えない。見えたとしても、きっとなにもない。死神を思わせる動く骸骨《がいこつ》が全部で五体。取り囲まれている。

『スケルトン五体が現れました』

端末の画面にそんな文字が表示される。

悲鳴をあげようとする喉を押さえ込み、崩《くず》れようとする両足を叱咤《しった》し、奥歯を噛み締め、ペチカは武器でもあるフライ返しを構えた。未だなにが起きているのか把握できていないまま、ペチカは、伸びてくる骸骨の手をフライ返しで打ち払った。追いすがる骸骨に蹴りつけ、引き離し、左右から掴みかかるのを受け流し、そこで足が止まった。最初に蹴った骸骨が、うつ伏せでペチカの足を掴んでいる。

骸骨の手の冷たくおぞましい感触にペチカの動きが停止した。魔法少女の膂力《りょりょく》であれば容易に振り払い、踏み潰《つぶ》すくらいのことはできただろう。だがすでにペチカの精神は限界、恐慌状態寸前だった。

魔法少女とはいえ、ペチカの魔法は「料理」だ。戦いの時に頼ることができるものは己《おのれ》の身体しかない。敵をどうにかするためには、殴ったり蹴ったり殴られたり蹴られたりしなくてはならない。平和で安らかな日々を送っていた中学生の建原智香に耐えられることではない。

スローモーションのようにゆっくりと迫る骸骨四体。だが、それらがペチカに達する直前、頭頂部から股間にかけて真っ二つに切り裂かれ、バラバラに崩れ落ちた。

「……えっ？」

足元を見ると、ペチカの足を掴んでいた骸骨は横三列の綺麗な切れ目で、鮮やかに切り割られている。切れ目は地面まで深く抉《えぐ》り、威力《いりょく》を見せつけていた。慌《あわ》てて足をどけると、ペチカを掴んでいた指が落ちていった。

なにが起きた。なにかが起きた。新しい能力に目覚めたとか封印《ふういん》されていた力が覚醒《かくせい》したとかそういうことではなさそうだ。ペチカがやったことではない。左見右見《とみこうみ》で見回し、魔法少女の優れた視力は砂塵《さじん》の向こうに人影を認めた。体格は成人男性より小柄《こがら》……少女だ。刀をだらっと右手に下げている。たぶん彼女が助けてくれたのだろう。距離にして二キロは離れているが、他には朽ちかけたビルと雑草くらいしか見当たらない。廃ビルや雑草に比べればまだしも助けてくれそうに見える。

助けてくれたということは、善意の持ち主だ。きっとそうだ。いきなりよくわからない土地に飛ばされ、恐ろしげな怪物との戦いを強要されたペチカにとっての救世主だ。全力で走り、瞬《またた》く間に二キロを駆け抜け、勢いよく頭を下げた。

「ありがとうございましたっ！」

そうっと頭を上げて救いの主を見た。やはり少女だ。お侍《さむらい》のような服を着ているが、大幅にアレンジが効き、髪型もポニーテールでまとめた先に花が咲くという一種独特のものので、侍というより別の服、魔法少女のコスチュームだ。それに二キロも離れた場所から刀で敵を攻撃するなんて魔法少女以外にはできっこない。

「魔法少女の方……なんですか？」

反応がない。

「あの、私、ペチカといいます。私も魔法少女なんです」急《せ》かされるようにペチカは話した。

反応がない。ただ、ペチカをじっと見ている。気がついたらここにいて、なにがどうなっているのかよくわからなくて、骸骨とか出てきて、怖くて、すごく困ってるんです」

「ここ、どこなんでしょう？　ご存知ですか？　気がついたらここにいて、なにがどうなっているのかよくわからなくて、骸骨とか出てきて、怖くて、すごく困ってるんです」

「またやらされるのか。もう終わったのではなかったのか」

「は？」

「あれは嫌だ。あれは……よくない」

目が据《す》わっている。だがどこも見ていない。ペチカに目を向けているが、ペチカではないどこかを見ている。少女は手を伸ばし、ペチカの喉《のど》に指をかけた。ペチカは動くこともできず、無抵抗のまま任されるに任せた。指の感触が冷たい。喉がゴクリと音を立てた。

首にかけられた指の力が増した。肉と皮がひきつれる。右手の刀が徐々にペチカの首に近づいていた。なにかがカタカタ鳴っている。ペチカの歯が音を立てていた。

「終わったのではなかったのか。なあ音楽家」

「し……知りません。私も、私も、よくわかんなくて。気がついたらここに」

少女はなにも見ていない目でペチカをじっと見ている。指の力が弱くなり、刀は再びだらっと下げられた。少女はペチカの首から手を離し、突き飛ばした。ペチカはなされるがままに尻餅《しりもち》をつき、少女を見上げた。歯の根は未《いま》だ噛み合っていない。

「音楽家ではないな。音楽家はもっと……こう……」

少女はペチカに背を向け、歩き始めた。ふらふらと頼りない足取りで、右手の刀を地面に引きずって跡《あと》を残している。ぶつぶつと何事かを呟《つぶや》いていたが、すぐ聞こえなくなった。ペチカは尻をついたままそれを見送った。結局、ここがどこで、なぜここに来たのかはわからなかった。だが少女を追おうとは思わなかった。

☆マジカルデイジー

骸骨は存外脆《もろ》かった。ちょうど人骨程度の強度だったのではないだろうか。蹴れば折れるし、殴れば砕《くだ》ける。生理的嫌悪感《けんおかん》を伴《ともな》う破壊行為ではあったが、マジカルデイジーはベテランといっていい魔法少女だ。これくらいで挫《くじ》けるなら、もう魔法少女を辞めている。

「デイジーパンチ！」

ただのパンチだ。

「デイジーキック！」

ただのキックだ。だが名前をつけていれば威力も上がる気がして、マジカルデイジーはただのキックやパンチにも技名を名付けている。言霊《ことだま》とかそういうのがきっとある、そう信じていた。

「デイジービィーム！」

ただのビーム……であるはずがない。デイジービームとはマジカルデイジーの必殺技である。形而上的な意味での必殺技ではなく、文字通りの「必ず殺す技」である。

魔法少女は優れた身体能力以外に、各人一つずつ特別な「魔法」を与えられる。それ故《ゆえ》の「魔法」少女である。

マジカルデイジーが持つ「魔法」がデイジービームだ。マジカルデイジーが突きつけた指の先から直径十センチの光条が放射され、命中した箇所を瞬時に分解する。原理は不明。パレットの説明によれば、分子単位で結合を解いてしまうため、サラサラと砂状になり、風に吹かれて消えてしまうのだそうだ。ビームにもバリエーションがあり、指ではなく掌を広げてビームを撃てば、直径五十センチの光条が放射され、攻撃範囲は格段に増す。

そもそも殺人技として使用されていた術ではなく、廃棄物《はいきぶつ》や障害物《しょうがいぶつ》を除去するための術である。産業廃棄物や核廃棄物に使用すれば世界の役に立てるのでは、と「魔法の国」に提案したことがあったが、「人間世界の流通や産業を変化させるべからず」とのお達しがあった。出たがりはほどほどに、と釘《くぎ》を刺されたように思え、本人さえ自覚していなかった顕示欲《けんじよく》を見透《みす》かされたようで、自己嫌悪したことを覚えている。

性質上、生き物に使うことは禁忌《きんき》中の禁忌で「魔法の国」やマスコットキャラクターからも使用用途を厳しく制限されていたが、相手があからさまに生命を持たない怪物で、「スケルトンが五体出現しました」などというテレビゲームじみたナレーションを入れられたため、思わずノリで使ってしまった。ビーム一発で骸骨が消し飛ぶ様《さま》は日頃のフラストレーションを吹き飛ばしてくれたが、同時に自省《じせい》した。調子に乗りすぎている。

「ところで、ここ、どこ?」

いつもの独《ひと》り言《ごと》だが、今回は心からの一言《ひとこと》だ。ゲームの開始を告げられ、気がつけば魔法少女に変身していて、荒野の中にただ一人、そして骸骨に襲われた。地平線に四方を囲まれている。行ったことはないが、メキシコやアフリカの太陽はこれくらい強いのではないだろうか。魔法少女でなければ日焼けで苦しみそうだ。

太陽と荒野以外ではビルの残骸くらいしか視界内にない。

魔法の端末を確認してみた。

プロフィール等の機能が使えなくなっている。画面には文字が表示されていた。

『チュートリアルが終了しました』

『あなたは5のマジカルキャンディーを手に入れました』

マジカルキャンディー。そういえば骸骨が出てくる直前に、魔法の端末がそんなことをいっていた気がする。以前どこかで聞いたことがあったような気もした。どこだったろう。

『街へ向かってください』

街？　見渡す限り荒野しかない。高い場所から見ればもう少し先まで見えるかもしれない。マジカルデイジーはビルへと走った。近くで見ると見事な廃墟《はいきょ》で、土埃《つちぼこり》で茶色く汚れ居ている。ヒビや欠けといい、朽ちて数年といった風情《ふぜい》ではなく、年季《ねんき》の入った廃ビルだ。斜めに傾《かし》ぎ、十階ほどで折れてしまっていた。高さに関しては他のビルと大差ないようだ。

崩れたりしないように、慎重《しんちょう》に、だが素早く駆け登った。魔法少女の身体能力であれば、ビルの壁を駆け上がるくらいは容易《たやす》い。天辺《てっぺん》にまで上り、そこから周囲を見渡した。

下よりも風が強く、マジカルデイジーはスカートの裾《すそ》を押さえた。太陽に近いせいか、日差しまで強くなった気がする。だが当然のように下界より見晴らしは良い。左手を額に当て、日差しを遮《さえぎ》りながら遠くを見た。魔法少女の視力は生物の限界を超えている。

「んー……あれかな？」

遠くの方に建物が密集している。街と呼べそうなものはそれくらいしか見当たらない。他には今いる場所と変わらない廃ビルが荒野に点在している。前後左右と見渡して、ゲームらしく窓の割れ方や傾ぎ方まで一致した廃ビルを一つ一つ確認し、その中の一つで目を止めた。屋上に人影がある。

人影を認めると同時に跳び退《すさ》った。ビルの屋上、マジカルデイジーの足元が割れた。自然に割れたのではない。鋭利《えいり》な刃物で斬《き》りつけられたように、コンクリートの床がスッパリと斬り割られている。マジカルデイジーは人影を見た。あれがやったのか？

人影は棒のようななにかを持っている。力を持ってしてさえ判別できない。と、人影が動いた。棒を振るっているようだ。棒が太陽の光を反射して輝いた。金属……刃物か？

マジカルデイジーは咄嗟《とっさ》に伏せた。屋上の縁《へり》がざっくりと欠け、滑《すべ》り落ち、地響きを立てて落下した。下界の土煙《つちけむり》がここから見える。

間違いない。人影の動きに合わせて攻撃を受けている。斬撃《ざんげき》を飛ばしているのかとも思ったが、動いてから破壊までの時間差が全く無い。なにかを飛ばすというのとは少し違う。

マジカルデイジーは伏せたまま両腕を前に突き出し、人影に向け、考えた。

攻撃は受けた。だがマジカルデイジーにダメージはない。ひょっとして脅《おど》しや牽制《けんせい》なのではないだろうか。跳び退ったり伏せたりはしたが、回避行動をとらずとも当たるか否かは微妙なところではあった。

相手に当てる気がなければもちろん、当てる気があってやってるのだとしても、骸骨のように生命も意志も持たない相手だとは思えない。攻撃のやり口が良くも悪くも人間的だ。

人間……というより生き物相手にデイジービームはまずい。

マジカルデイジーはしばしの逡巡《しゅんじゅん》の後、ビルの壁面が大きく割られたのを見、これ以上捨て置いてもいられないと、腕の向かう位置を若干《じゃっかん》落としてデイジービームを放った。ビームはビルの根元部分に直撃し、崩れかけていたビルがさらに傾き、さらにもう一発。舞い上がる土煙とともにビルが倒壊していく。

倒れゆくビルから人影が飛び降り、着地した。マジカルデイジーも同時にビルから駆け下り、それを助走に彼我《ひが》の距離を詰める。人影もこちらに走ってきている。走りながらの、斬撃。一撃、二撃、振り下ろし、跳ね上げ、全て回避する。

要するに近距離で刀を振るわれているのと同じだ。刀の軌道《きどう》に従って斬られているのだから、その軌道から身体をずらせば避けることができる。全て大振りだ。

「デイジービィームッ！　デイジービィームッ！　デイジー……ビィィームッ！」

連射した。直接相手を狙ってはいない。全て地面に向けている。地面を分解し、土を舞い上げる。視界を塞《ふさ》ぐのが狙いだ。マジカルデイジーはもうもうと立ち込める土煙《つちけむり》の中に突っこんだ。

気配を感じる。どろりと濃い。隠そうともしていない。

地を這《は》うような一撃。足が狙われた。前後にステップし、避けて、蹴る。ローキックだが相手は伏せるように構えている。コメカミに爪先をぶつけようとし、だが額に命中した。

額に当たった、というより額で受けられた。足先に痺《しび》れが走る。地面から喉を狙っての突きが襲い、マジカルデイジーは肩口を切り裂かれつつギリギリ回避する。

間合いが遠い。刀でコントロールされている。

しゃがみ、スライディングで足を取りにいく。相手が倒れる。もつれ合う。刀が転がった。足を取り合い、腕を取り合い、見えない相手と掴み合う。

触ればわかる。これは魔法少女の肉体だ。それも訓練されている。マジカルデイジーと同じく、誰と戦っても勝てるよう、自分をいじめてきた者の肉体だ。

袖口を掴んだ。投げにいく。地面に叩きつける直前、足を払われ、もろともに倒れた。

「ハハッ！」

相手は笑っている。マジカルデイジーは笑いを噛み殺した。

肘《ひじ》を打ち、拳を打ち、膝が打たれ、首に腕を回されかけて蹴り飛ばした。距離をとる。さあ、どうくる。どうする。身体の芯《しん》から熱くなっている。徐々に土煙が晴れていき、突風が地面を撫《な》で、残り全てを吹き飛ばした。そこにはマジカルデイジーのみが立っていた。

「……あれ？」

逃げられた、のだろうか。まあ逃げてくれるならそれに越したことはない。ないが、寂しいというか、肩透かしというか、不満足感は否《いな》めない。相手が見えない、視界ゼロでの殴り合いをマジカルデイジーは楽しんでいたし、きっと相手も楽しんでいると思っていた。

「音楽家ではないな」

誰かの声が聞こえ、振り返ったが誰もいない。結局なんだったのかよくわからないままだ。相手も魔法少女だったとは思うが、確信はできない。

戦いで芯から熱くなっていた身体が冷えていき、同時に頭も冷めていく。当初の目的を思い出し、マジカルデイジーは街の方を見た。

今度は街の手前で砂塵《さじん》が巻き上がっていた。人影が見える。一人や二人ではない。激しく動いている。一人を取り囲むようにして、複数の白い姿の……骸骨だ。マジカルデイジーと同じく、骸骨と戦わされている誰かがいる。右手をかざし、必殺のデイジービームを放とうとしたところではたと気がついた。ここから目標まで相当の距離がある。もし誤射でもしたら大変なことになってしまうのではないだろうか。

「ええい！　もう！　くそう！」

叫んで駆け出した。

☆ペチカ

ビルの中はがらんどうだった。テナントが入っていた形跡《けいせき》や、ビジネスビルとして利用されていた痕跡《こんせき》はなく、マンションとして使用され、そこに人が住んでいたりといった名残《なごり》もない。本当になにもない。階段と部屋があるだけで、窓ガラスの割れてしまった窓から風が吹き抜けている。

ここがどこであるのかを表す手がかりを探していたが、三つ目のビルを探しているところで挫けそうになり、五つ目のビルの探索中に心が折れかかり、八つ目のビルの中でとうとう心が折れてしまった。本人も自覚している。ペチカの心はけして強くない。

床の埃を払い、腰を下ろした。壁にもたれかかる。ため息しか出てこない。

ここがどこかわからず、怪物に襲われ、撃退してくれた魔法少女から殺されかけた。そして魔法の端末はまともに動いてくれない。メールソフトは立ち上がらず、電話をかけることもできないため外部に窮状《きゅうじょう》を伝えられない。

今は「マジカルキャンディー　0」という意味がわからない言葉が表示されている。マジカルキャンディー？　なんとなく魔法少女的な響きがある。だが聞いたことも怪しい。

二宮君のことを思った。ただの現実逃避だ。そもそもこれが現実かどうかも怪しい。それなら二宮君に思いを馳せていた方が楽しい。お弁当は食べてくれただろうか。ペチカの魔法によって作られたお弁当は、ほっぺたが落ちるほど美味しい。でも二宮君の舌には合わないかもしれない。美味しいはずだが、万人《ばんにん》が同じ味覚を持っているわけではないだろう。それより食べずに捨てられてしまったかもしれない。見ず知らずのファンから渡された、なにが入っているかもわからない飲食物を口にするのは用心が足りないともいえる。ペチカが二宮君の立場ならそんなもの食べたくない。

——ああ、これは、ダメだ。

二宮君のことを考えていてさえネガティブの螺旋《らせん》に陥《おちい》ってしまう。楽しくて嬉しくて仕方ないはずのことなのに。

ペチカは泣いた。声を出さずに泣いた。声を出すと、先ほどの骸骨的な怪物にまた襲われてしまうかもしれないという心配があったので、ただ涙を流した。涙が頬を伝い顎《あご》に流れていき、顎先から膝を抱えた手の上に雫《しずく》が垂《た》れた。変身する前は泣き虫の智香でも、一度ペチカに変身すれば泣いたことなど一度だってなかったのに。泣いて、泣いて、泣いて、泣き疲れてうとうととして、背中に揺れを感じ覚醒《かくせい》した。

目が覚めるなり右の耳をぴたりと壁につけた。足音だ。あとは……蹄の音？　それに話し声。一人ではない。同じビルの中に、誰かがいる。ペチカは壁から耳を離し、足音を殺して動き始めた。今度こそまともな人に会えるかもしれない。その人は現状を説明してくれて、なにをどうすればいいのか指示してくれるかもしれない。ペチカを救ってくれるかもしれない。

もちろんそうでない可能性もある。というかそうでない可能性の方が高い。ここに連れて来られてから、良し悪し以前に、まともに交渉できる相手と遭遇《そうぐう》していない。

相手がまともそうなら話しかける。まともではなさそうなら見つかる前に逃げる。その方針の元、抜き足差し足忍び足で音の発生源を目指し、一歩につき三十秒の時間をかけて近づいた。さっきまで涙が垂れていた顎先から汗が落ちている。

「だからいったじゃないデスか」

日本語だ。少々イントネーションにおかしなところはあるが、なにをいっているかはペチカにも理解できる。少なくとも言葉の通じる相手ではあるらしい。

「とりあえずビルに登れば見渡せマースって。それをリオネッタさんが」

「バカと煙はなんとやらといったのがそんなに気になりまして？　図星でしたの？」

「オー！　そんなことでストマックをスタンドしていた違いマス！」

「二人とも喧嘩はやめろ」

そっと扉から覗きこんだ。その部屋は天井から上がなくなっていて、実質の屋上になっている。そこには三つの人影があった。三人の人がいたのではなく、あくまでも三つの人影だ。まともそうなら話しかけようと決めていたペチカは部屋の手前で足を止めた。

「喧嘩違いマス！　正当な抗議デス！」

イントネーションがおかしな喋り方の少女は、これはまあ普通といえば普通だ。巫女《みこ》をモチーフとしたコスチュームに身を包んだ、恐らくはペチカと同じ魔法少女。純日本風の容姿と口調が噛み合っていないものの、少なくとも見た目おかしくはない。

「喧嘩などではありませんわ。喧嘩は同レベルの相手とするものですもの」

ちょっと大柄だが普通の少女に見える。ボンネットやドロワーズといったいかにもなロリィタファッションは、魔法少女のコスチュームでなくともそういった趣味の女の子として通用したかもしれない。彼女の顔を見たペチカは「可愛いけど、どこか作り物っぽい」という感想を抱き、服の外に露出した肘、手首、指の関節を見て息をのんだ。肌は人間そっくりの質感だが、関節部分が球体関節になっている。人間ではなく、人形が喋っている。

そして三人目。こっちは人形以上のインパクトがあった。顔は可愛い。服装は紫色を基調にし、尾羽《おばね》のような飾りや大きなリボンが特徴的だ。そして下半身。そこには馬がいた。馬に跨《またが》っていたとかそういうことではない。馬の首から上を切り落とし、そこに人間の女の子の上半身を据えつけた、所謂ケンタウロスとかセントールとかそういう生き物だ。

彼女達は骸骨同様にモンスターなのか、それとも魔法少女なのか、ペチカには判断できない。判断できないということは、接触すべきではないということだ。そろりそろりと後退を始めた。気づかれないうちに離れた方がいい。ペチカが三歩後ろに退《しりぞ》いたところで魔法の端末が着信音を鳴らした。三人はそれぞれ魔法の端末を手に取り、これによって三人ともに魔法少女であることはわかったが、同時にペチカの魔法の端末も着信音を鳴らしていて、三人ははっとした表情でペチカの方を向いた。

ペチカは後ろも見ずに駆け出した。

☆マジカルデイジー

マジカルデイジーが助けたメイドさんは「のっこちゃん」と名乗った。

典型的なメイドさんスタイルで、左右で縛《しば》ったシルバーブロンドをリボンでまとめ、手にしたモップも同じリボンで飾りつけられている。外見年齢は十歳前後でマジカルデイジーと比べて頭一つ分は背が低い。

彼女が魔法少女「のっこちゃん」になった時は四歳児だったそうだ。判断能力などあったものではない。魔法少女としての名前を決める際、自分の名前を聞かれたのかと思って元気よく「のっこちゃん！」と返し、それが魔法少女名になってしまった。後に名前の変更をさせてほしいという上申書を十三回提出したが、全てつき返された。

「魔法の国」曰《いわ》く、一度決めた魔法少女名はよほどの事情がないと変更できないとのこと。判断能力のない四歳児が決めてしまった名前であっても、だという。

ぼやきとも自虐《じぎゃく》ともつかない名前の由来を恥ずかしそうに話しながら、頭のリボンに手をやる仕草が初々《ういうい》しくも可愛らしい。

「ここがどこで私たちがなぜ連れてこられたのか、わかる？」

「いいえ、全然。通帳を眺めていたら突然ここに来ていました」

なぜ夜中に通帳を眺めていたかは気になったが関係なさそうだ。年月日等を確認したが、マジカルデイジーとのっこちゃんの認識は共通している。同じ日、同じ時間に異常が起きた。

「あのう……」

「はい？」

「ひょっとしてマジカルデイジーさんですか？」

「え、そうだけど」

「すごい！　テレビで見たまんま！　アニメでやってた話って実話だったんですか？」

「ああ、まあね。誇張《こちょう》してたところはあったけど」

のっこちゃんは、マジカルデイジーのファン……というより魔法少女全般が好きなのだろう。興奮し、上《うわ》ずった調子で話していた。魔法少女が魔法少女になる理由として一番多いのは「魔法少女ものアニメや漫画が好きである」だろう。かくいうマジカルデイジーも同じだ。魔法少女が好きで魔法少女になったのだ。

だからのっこちゃんが魔法少女のファンであるといっても、おかしなことでも珍しいことでもない。ない、が、それでもマジカルデイジーの視聴者と直《じか》に会えたのは嬉しいし、相手が喜んでくれているのはもっと嬉しい。

思い出を語り、あの話では泣いたとか、あの敵は憎らしかったとか、あのエピソードは手に汗握ったとか、楽しそうに話すのっこちゃんを見ると、守ってあげなければと思う。

「再放送でやってた時、毎週すごく楽しみで」

「本放送の頃は私もまだ中学生で……再放送の時はいくつだったっけなあ」

アイドルがファンを大切にと考える心理だろうか。アニメが終了しているマジカルデイジーは、もう引退したアイドルに近いかもしれないが、それでも楽しそうに話すのっこちゃんを見ると、ぐっと腹の奥底に力がこみ上げてくる。

二人はひとしきりマジカルデイジーの思い出で盛り上がり、魔法の端末の着信音で現実に呼び戻された。ここはわけのわからないどこかで、周囲には骸骨の骨が散乱している。

魔法の端末には『街へ向かってください』とあり、しつこいなぁと思いながらも従わないわけにもいかなさそうだ。のっこちゃんにビルの上から見た街らしき場所のことを話し、現状がわかることに期待して一緒に行こうと提案した。のっこちゃんは「足を引っ張らないよう精一杯頑張ります！」と顔を赤くしてマジカルデイジーを喜ばせた。

街らしき場所までの距離はかなりあったが、魔法少女の脚力をもってすればそれほどのものではない。骸骨に苦戦していたことからのっこちゃんは走るのが苦手、つまり身体能力に自信がない方かと思い、速度は抑《おさ》えたが、それでも二十キロ程度の道のりを十分ほど走って到着した。

『街』は遠目で見た印象の通りだった。街とは名ばかりで街としての必要条件を満たしていない。建物は廃ビルより多少マシ程度で、路面が整備されているわけでもなく砂埃が舞っている。外から見た限り、人通りもない。

けして離れないようのっこちゃんにいいつけ、街に入った。

街に入ってすぐのところにひらけた場所があった。広場のようだ。水は涸《か》れ果てているが、中央には石を抉った窪《くぼ》みがあり、人魚の像が座っている。噴水かなにかだったらしい。水の代わりに砂が堆積《たいせき》していた。水が涸れてからの年月を感じさせる。

広場には人が二人いた。

「ちょっちょっちょっ！」

奇声が上がった。興奮した面持《おもも》ちで顔を赤くし、少女がこちらを指差し叫んでいる。

「マジで⁉　本物のマジカルデイジー⁉」

「うん、まあ、本物っていうのかな」

「すげえ！　本当に本物？　すげえ！」

少女もまた魔法少女なのだろう。浮世《うきよ》離れした服装だった。バイザーつきのヘルメットに全身をぴったりと覆《おお》う近未来的なスーツ、腰に提《さ》げたホルスターには銃がしまってあったが、実銃ではなくおもちゃの光線銃に見えた。全体が「地球を怪獣や宇宙人から守る防衛軍」的な装《よそお》いで、夏休みの再放送を楽しみにしていたマジカルデイジーにとって、直撃世代ではないながらも郷愁《きょうしゅう》を感じる程度には懐かしい。

「いやあ、こう見えてちょっとしたオタク気質なもんで。マジカルデイジーはリアルタイム視聴してたし、当然ＤＶＤもフルセット揃えているもんで。感動ですなあ、感激ですなあ。マジカルデイジーが実在していたなんて！」

こう見えてもなにも、見た目からオタクっぽい。それはそれとして、ファンに喜んでもらえるのは素直に嬉しい。

「にゃんにゃん！　にゃんにゃーん！　こっちきてー！」

鳴き声ではなく、人の名前を呼んだらしい。とことこと歩いてきた少女はチャイナドレスをアレンジしたコスチュームで、髪をお団子二つに結っていた。見た目は典型的なチャイナっぽいなにかという感じで、喋り方も、

「夢ノ島《ゆめのしま》さんのお知り合いアルか？」

ベタだった。ただしお尻の後ろには、爬虫類《はちゅうるい》のような、怪獣のような、太い尻尾が生えていて、アンバランスな迫力があった。

「えーっ！　にゃんにゃん、マジカルデイジー知んないの？　情弱だなあ」

「ああ、有名な方あるか？　それは失礼したアルね」

「失礼ってレベルじゃねーぞ！　常識だから！」

防衛軍っぽい方は夢ノ島ジェノサイ子、チャイナっぽい方は＠娘々《あっとまーくにゃんにゃん》と名乗った。

どちらもすごい名前だとは思ったが、それを口に出すのは失礼だろうと思い黙っていた。

が、

「すごい名前ですねぇ」

のっこちゃんが口に出し、

「よくいわれるアルね」

「インパクト重視したんで」

二人は笑い、つられてマジカルデイジーとのっこちゃんも笑った。名前をどうこういうものじゃないと窘《たしな》めた方がいいかとも思ったが、のっこちゃんを見るとそんな気持ちも霧散《むさん》した。続けてのっこちゃんが名乗り、名前の由来も教え、そこでまた一笑い起こる。名前の由来とその後のやりとりは、のっこちゃんの持ちネタなのかもしれない。

四人は人魚を囲むようにして噴水の縁に腰かけ、車座になった。

ジェノサイ子と@娘々は、元々の知り合いだったというわけではなく、マジカルデイジーとのっこちゃんのように、ここについてから知り合ったのだという。やってきた状況は似たり寄ったりで、夜中にメールの着信音を聞き、気がついたら荒野の真ん中で骸骨に襲われていた。

「そうそう、他の魔法少女にも会ったアルよ。向こうさんも事情は同じみたいアルね」

街に先に来ていた魔法少女の一団がいたという。

「その子達はどこに？」

「ここで用事を済ませた、いってたアル」

「なんの用事かまでは教えてくれなかったんだよね。汚いな、さすが魔法少女汚い」

「バラバラに動くよりはまとまった方がいいといったアルが、あっちはあっちでなにか目的があったみたいでそそくさと行っちゃったアル」

＠娘々によると、魔法少女は全部で四人。人形のような魔法少女、巫女のような魔法少女、下半身が馬の魔法少女、半透明な糸でぐるぐるに縛り上げられて馬の背でぐったりしていた魔法少女。

「えっ、それ放っておいてよかったの？」

「泣いたり喚《わめ》いたりして走り出そうとするから危なくないように縛ってるんだってさ」

「話してみた感じ、悪い人達ではなさそうだったアルよ」

他人の心配をしている身分ではないが、それでも心配だ。異常な状況下でパニック状態になり、魔法少女同士で傷つけ合うなどということがないとも限らない……ついさっきのマジカルデイジーがまさにそんな感じだった。

「その子達がいってたけど、他にも魔法少女がいたそうアルよ」

「その子達もこの街で目的を果たしてどこかを目指してたらしいけど、いったいなにがどうなっているのか皆目《かいもく》見当も……あれ？」

ジェノサイ子が発言をいい切ることなく口を開けたまま固まった。右手には魔法の端末を持ち、画面を見ている。ジェノサイ子のバイザーには画面の光が反射していた。

「キター！　皆さん急いで魔法の端末を電源オン！」

先ほどまで『街へ向かってください』と表示されていた画面が変化していた。『サポートコマンドが追加されました』とある。

「サポートコマンド？」

「サポート」の部分がクリックできるようになっている。マジカルデイジーはサポートコマンドを指先で押した。

マスターサイド　その一

教室は炎に包まれていた。

古びた木造校舎には、スプリンクラーというあるべき設備もなく、なのに炎の餌《えさ》だけはたっぷりとある。机や椅子、本棚や壁紙に燃え広がり、窓ガラスや窓枠は溶けて流れる。

全てが炎の赤色に照らされ、そこかしこから有毒な黒煙が巻き起こる。地獄のような光景の中、似つかわしくない少女二人が対峙《たいじ》していた。

一人は赤い少女。真っ赤な髪、そして炎と同じ色のワンピースドレスに身を包み、炎を思わせる憤怒《ふんぬ》と激情が、本来端整《たんせい》であろう顔を野獣のごときものにしていた。軽く握った両拳を顔の前に置き、腰を低く落として身構えている。

もう一人は白い少女。学生服にも似た白のセーラー服とスカート、それに白い花飾りと古びた布の袋を腰に提げ、薙刀《なぎなた》のような武器を構えている。憤激《ふんげき》を全面に出す赤い少女とは対照的に、表情と呼べるものは一切存在しない。

最初に動いたのは赤い少女だった。低く構えた体勢から膝を曲げ、地面スレスレの位置で足を伸ばし、薙刀の間合いの外からローキックを繰り出す。おそらくは牽制、もしくはフェイントや目晦《めくら》ましだったのであろうその一撃は、白い少女が「まるでその一撃がくることを知っていたかのように」差し出された薙刀の柄《え》で受け止められた。

そこから二発目、三発目と攻撃するも、薙刀の間合いに入ることさえできない。四発目に至っては薙刀の刃で撫でられ、足先が切り裂かれて鮮血が迸《ほとばし》った。

甲走《かんばし》った悲鳴をあげ、赤い少女は口から炎を吹き出した。意表を突く攻撃だったはずだが、白い少女は相変わらずの無表情で薙刀を回転させ、人間大の炎塊《えんかい》を一撃の下《もと》に掻《か》き消した。一メートルほどもある、いかにも重そうな薙刀が、か細い少女の腕によって軽々と、我が身のように扱《あつか》われている。

赤い少女は何事か叫んで背後の炎に身を投じ、溶けるように消え失せた。

一瞬の後、白い少女の背後で燃え盛っていた炎が膨《ふく》らみ、赤い少女の姿に転じ、無防備な後頭部に回し蹴りが炸裂《さくれつ》する刹那《せつな》、やはり「その一撃がくることを知っていた」かのように、白い少女が後ろも見ずに頭を下げたため、回し蹴りは鞭《むち》のような音とともに空《くう》を引き裂くだけに終わった。

赤い少女はすぐさま炎の内に引き下がり、再び溶けるように消え失せる。

白い少女の表情は戦いを開始した当初から何一つ変化していない。薙刀を片手で半回転させ、教室の床に突き刺した。腰に提げた布袋に手を突っこみ、そこから取り出したのは、灰色のボディーが炎の赤で照らされている……布袋より大きな業務用消火器だった。ピンを抜き、ノズルを構え、教室の天井——自分から見て斜め四十五度、ちょうど教卓の真上あたり——で燃え広がっている炎に向け、消化剤を噴き付けた。

なにかが天井から落ちてきた。声にならぬ声をあげ、顔を押さえてのたうち回っているその「なにか」は赤い少女だ。赤い服も、赤い髪も、全てが消化剤の白い粉に包まれ、涎《よだれ》や涙を振り撒《ま》いて悶え苦しんでいる。

白い少女は悠然《ゆうぜん》と近づき、大きな消火器を振り上げ、振り下ろした。それを五度繰り返すと赤い少女は動かなくなった。白い少女は消火器を投げ捨て、赤い少女を見下ろした。その表情はやはり戦闘直後から変わらず無表情のままだ。

動画はここで終了した。

ポインタが動き、プレイヤーを閉じ、ブラウザを閉じ、その度にカチカチとマウスのクリック音が鳴り、最後にＰＣをシャットダウンした。室内で唯一《ゆいいつ》の光源だったＰＣが電源を落としたことで、後には闇と、カビ臭さと、声だけが残った。

「こうして悪者は逮捕されましたっと……ああ、スノーホワイトはかっこいいなー」

満足げな少女の声。年齢は十代半ばほどだろうか。

「フレイム・フレイミィも戦闘能力の高い魔法少女だけどさー、スノーホワイトを相手にすると子ども扱いやねー。まるで動きを全て読み切ったみたいな立ち回り！　くぅぅぅ！」

歔欷《きょき》にも似ていたが、声の調子は喜びを湛《たた》えている。

「やっぱかっこええ！　悪の魔法少女を許さない魔法少女狩りのスノーホワイト！　強い者こそ魔法少女になるべきだーなんて勝手な理屈で殺し合いをさせていたフレイミィをやっつけた！　強く優しい正義の魔法少女！　えいっ！　とうっ！」

ガチャンとなにかが落ちる音が聞こえた。

「だいたい魔法少女に強さが必要っておかしいと思わないー？　魔法少女っていうのはさ、優しくて、愛らしくて、思いやりとか友情とかひたむきさとかそういうのがないとー」

「確かに、そうかもしれないぽん。まあ強さがあってもいいとは思うけど」

少女に応えた声は子供のように甲高《かんだか》かった。甲高いが、声の調子は落ち着いている。

「やっぱりそうだよね！　あたしの師匠《ししょう》もそういってたんよ。強いだけじゃ魔法少女の資格はない。強さを求めるだけの魔法少女なんていらない。殺し合いをさせる魔法少女なんて論外で、殺し合いで選ばれた魔法少女もいちゃいけない」

熱にうかされたように、

「だから、あたしはスノーホワイトの手助けをするんだ」

と締めた。

第二章　美味しい料理でみんな幸せ

☆マジカルデイジー

ファンファーレが鳴り響き、魔法の端末の画面が極彩色《ごくさいしょく》に輝いた。ジェノサイ子が取り落とした魔法の端末は噴水の中を転がっていく。人魚の像に当たって止まり、画面を上にしてぱたりと倒れた。画面の上には光の帯が広がり、収束《しゅうそく》し、像を結んだ。右半面が黒、左反面が白という線対称の球体で、片面に蝶《ちょう》のような翼が生え、ふわふわと浮いている。舞い上がる砂が光に照らされるとともに、球体の向こうが透けて見えた。

立体映像だ。

「魔法少女の皆さんはじめましてこんにちはこんばんは！『魔法少女育成計画』のマスコットキャラクターを担当しておりますファルと申しますぽん！」

甲高《かんだか》い合成音声は子供のようで、なぜか吐き気がこみ上げ、マジカルデイジーは顔をしかめた。ジェノサイ子はこちらを見、@娘々《あっとまーくにゃんにゃん》はこちらを見、のっこちゃんもこちらを見ている。マジカルデイジーは吐き気をこらえてファルを名乗る立体映像に尋《たず》ねた。

「なに、これ？　なにが起きているの？」

「魔法少女育成計画は、現役魔法少女のための訓練シミュレーターと魔法少女候補生の選別装置を兼ねた新世代のソーシャルゲームぽん。仮想空間で蓄積《ちくせき》した経験が現実にフィードバックするぽん。あなた達は、厳正なる抽選の結果選ばれたテストプレイヤーですぽん」

「仮想空間？　ここって現実世界じゃないの？」

「その通り！　マジカルトレースシステムにより実現した現実と変わらない操作感覚、それにリアルと見まごう超美麗グラフィック、この二つが魔法少女育成計画のウリぽん」

「本当にゲーム？　これ？」

「本当ですぽん。嘘は吐《つ》きませんぽん」

「魔法じゃないの？」

「魔法で作られたゲームですぽん」

冷静なふりをしているが、驚いていた。ゲームといわれても、シチュエーションの異常さ以外は現実感が溢《あふ》れている。廃ビルの埃臭さやカビ臭さ、容赦《ようしゃ》なく降り注ぐ陽光、骸骨を殴った時の感触、今自分が立っている地面の確かさ、全てが現実であると主張している。だが、骸骨が地面から湧《わ》き、どこまでも荒野は広く、全く同じ壊れ方をした廃ビルが一定間隔で立っているという事実は、確かにゲームでしかありえない。

「聞いてねー！　参加の意志さえ聞かれてねー！　淫獣《いんじゅう》マジいい加減にしろ！」

「こういうの困るんですけど……」

　のっこちゃんとジェノサイ子が魔法の端末に詰め寄った。といっても相手は立体映像でしかないため、胸倉《むなぐら》を掴むこともできない。そもそも胸倉さえない。

　ジェノサイ子とのっこちゃんの不満はもっともだ。有無《うむ》をいわさず連れ去られ、骸骨と戦わされ、街まで来いと命じられ、これで文句の出ないわけがない。

「まあまあ。落ち着いて聞いてほしいぽん」

　自称マスコットキャラクターは詰め寄られても落ち着いたものだ。表情は変わらず、というか無い。マジカルデイジーには相棒のマスコットキャラクター「パレット」がいた。騒々しくて表情がコロコロ変化する小さな妖精だった。同じマスコットキャラクターでも随分《ずいぶん》と違うものだと思う。

「時間が圧縮されているから現実の生活に支障をきたすこともなし。さしあたって三日間連続でゲーム参加してもらいたいけど、現実では一瞬しか経過していないぽん。もうわかってるかもだけど、みんなが現実で使える『魔法』はゲームの中でも普通に使えちゃうぽん。それに危険も一切なしぽん。復活の呪文《じゅもん》も残機もセーブポイントもないからゲームオーバーになればおしまいだけど、現実のあなたはダメージゼロで安心安全ぽん」

「理屈はわかったけど、なぜ問答無用に参加が強制されてるの？」

「まあ皆さんご存知とは思うけど『魔法の国』はそういう理不尽《りふじん》なところぽん。『魔法の国』が理不尽というか、魔法そのものが理不尽の塊っていうか。たぶんだけど、承諾《しょうだく》とかそういうの関係なしに参加してもらうことがトリガーやキーになってたりするのかもぽん」

こちらが思っていることを知ってか知らずか、ファルは話し続けた。

「あくまでも『魔法の国』のオフィシャルなテストだからなーんにも心配はいらないぽん。クリア特典はものすごーく豪華だし、参加賞だってけっこうすごいし、あなた達がテストプレイで問題を洗い出してくれれば後々使う後輩にとってありがたいことこの上なしぽん。一応シークレットなゲームだから、プレイヤー以外にこのゲームのことを話すのは禁止……だけど魔法少女の皆さんなら秘密を守るのは日常茶飯事、簡単ぽん。というわけで、参加してもらえるぽん？　他のみんなはすでにゲームスタートしてるぽん」

ファルがマジカルデイジーを見ている。ジェノサイ子も@娘々もマジカルデイジーを見ている。のっこちゃんも見ている。この子を見ると守ってあげなければ、とマジカルデイジーは思う。

☆ペチカ

よくわからないままゲームに参加することが決定した。

ペチカとしては、後輩の育成や自己の鍛錬よりも他にやることは山ほどあったし、ゲームに引きこまれた経緯《いきさつ》も納得できるものではなく、ごめんなさい私はやりませんと頭を下げたくあったのだけれど、他の三人は違った。

「強引なやり方は気に入らないですけれど。まあ『魔法の国』のやることでしたら致し方ないですわね。面白そうですし、お引き受けしますわ」

「この報酬ホントならすごいデース！」

「うん」

「確かにすごい報酬ではありますけど。あまり『魔法の国』らしくはありませんわね」

「でもすごいデス！　キャッシュで百億あれば残りの人生、悠々自適《ゆうゆうじてき》魔法少女ライフネ！」

「せせこましい人生設計ですこと」

ペチカだけがやりませんとはいえない空気だった。ペチカは地味で引っこみ思案な女子中学生の例に漏れず、空気を読むことは得意だ。曖昧《あいまい》な笑みを浮かべてあははと笑いながら頷いた。

「それではパーティーを組んでもらうぽん。最大四人までパーティー登録をすることができるぽん。パーティーを組んでいるとアイテムを使ったりする上で色々とお得になりますぽん。地図アプリをインストールするとメンバーの現在地が表示されたり、通行に使うアイテムがパーティーにつき一つでよかったりしますぽん」

四人の間で視線が交錯《こうさく》し、見たり見られたりした挙句、全員がペチカで目を止めた。なんとなく考えていることは予想できた。こんな臆病そうで弱そうでいかにも役に立たなさそうなやつとパーティー組むのは嫌だなあ、と思われていそうだ。

「差し支えなければ貴女《あなた》の魔法を教えていただけませんこと？」

「ああ、それってとても気になりマース」

思われるだけでなく、実質口に出された。

「あ、美味しいお料理を作ることができます……五分あれば……」

ペチカを除く三人の視線が交錯した。アイコンタクトの意味が察せてしまえて胸が痛い。どうすんだよこいつ、あきらかに役に立たないんだけど、置いていった方がいいんじゃないか、そんな思いがペチカの頭越しに飛び交っている。

「えぇっと……パーティーメンバーはゲーム中に変更可能ぽん。適宜《てきぎ》入れたり抜いたり入れ替えたりといったことができるぽん」

三人の視線がかち合い、クランテイルが頷いた。ペチカを含む四人パーティーが結成され、ペチカは三人の考えていることがありありと見えてうんざりした。

二時間後。結局、扱いはミソッカスに近い。役に立つ魔法少女がいれば追い出されてしまうであろう数合わせの補欠だ。今も骸骨相手に元気よく暴れる三人を体育座りで眺めている。美味しい料理を作る魔法も、ペチカの臆病な性格も、戦いには不向きだった。

巫女風の魔法少女は御世方那子《みよかたのなこ》。陰陽模様の髪留めといい、スリットの深い赤袴《ばかま》といい、なんだかそれっぽい感じの名前といい、巫女モチーフであることを隠そうともしていないが、本人のキャラクターは純日本風の見た目に反して妙に怪しい。

「魔法少女イズクール！　キュート！　ストローング！　ワタシの国では常識デース！」

この発言からも、ネイティブではありえないイントネーションからも、たぶん外国の人なのだろう。外国人の方が、日本人よりも日本らしくあろうとするのかもしれない。

「動物使い」の魔法を使うのだと自慢げに話していたが、生物限定であるため骸骨と友達になることはできず、専《もっぱ》ら蹴って殴っている。

人形の魔法少女はリオネッタ。人形っぽい魔法少女でも人形のような魔法少女でもない、人形そのものの魔法少女だ。

長いリボンタイを舞い上がらせ、スカートの裾を翻《ひるがえ》し、ボンネットを風に遊ばせ、華麗に戦う様はロリィタ戦士という風情だが、よくよく観察すると彼女の動き、関節、表情、全てが作り物であるということがわかる。

御世方那子とはあまり仲が良くないらしく、頻繁《ひんぱん》に角《つの》を突き合わせていた。基本、上品ではあるが口が悪く、嫌味と皮肉が多い。ペチカも苦手なタイプだ。

「人形使い」の魔法を使うとのことだが、ここに人形はないため、御世方那子と同じく肉弾戦に終始している。球体関節を用いた戦い方は、人間には不可能な角度への攻撃を可能とし、死角から鋭く相手を抉る……もっとも骸骨の死角の程は不明だ。

ケンタウロスな魔法少女はクランテイル。ケンタウロスではなく、下半身が人間以外の獣であるというのが正しい。ワニになって尻尾を骸骨に叩きつけ、馬になって蹄で骸骨を踏みつけ、といった具合にその時々で最適な動物を選んで変身する。普段はポニーや鹿といった比較的小さな四足の動物でいることが多く、初対面の時に抱いた印象よりは幾分優しげではあった。

ゲーム内で知り合って日も浅いはずだが、三人組のリーダー的ポジションに納《おさ》まっていた。御世方那子とリオネッタが喧嘩をする度に二人をとりなし、ペチカは「大変そうだなぁ」とそれを見る。口数が少なく、愚痴をこぼすこともないため、余計大変そうに見えた。

三人ともそれぞれ邪魔にならない距離をとって骸骨を次々に打ち砕いていく。躍動《やくどう》する筋肉、靡《なび》く髪、翻るコスチュームから覗く白い肌。触れれば消えてしまいそうな儚《はかな》さと、それでも思わず触れたくなる官能性が同居し、見るだけでため息が出る。顔立ちは系統こそ違えどパーツの一つ一つ、配置の位置、全てが完璧に整っていた。

ペチカは膝を抱えた腕に力を込めた。

ペチカがなにより欲しかったのは魔法少女の美しさだった。綺麗で可愛い女の子になれば世界が変わる。二宮君にお弁当を差し入れすることもできる、そう思っていた。

実際、魔法少女になってから智香は変わった。以前はとにかく引っ込み思案だったのに、ペチカになってからは変身時はもちろん、変身していない時でさえ、いくらか積極的に行動できるようになった。しかしそれは、自分は美しく、特別な存在だという、優越感が産んだ積極性だった。

この場所では、智香は魔法少女たちの一人に過ぎない。ごく平均的な容姿の女の子にしか過ぎない。優越感が消え失せた今、積極性はどこにも残っていなかった。智香という少女の根本は、なにも変わっていなかった。

今のペチカは教室の片隅でこそこそしていた中学生に戻ってしまった。頼るものがなくなり、後に残ったのは自信が持てない自分だけ。戦うこともできない、ゲーム参加を拒否することもできない、半端《はんぱ》な立場で戦いを眺めている。

自分の嫌な部分に気づき、無力感に苛《さいな》まれ、ペチカが悶々《もんもん》としている間に戦闘は終わっていた。数十体からいた骸骨が全て破壊され、白い残骸となり散らかっている。

「この辺なら骸骨がたくさん出るというワタシの勘は正解だったデス」

「ご自分の手柄とでもおっしゃりたいのかしら？」

「ハハハハ、思いつけなかった人のお手柄でないことは確かデース」

「キャンディーの数はどうなってる？」

クランテイルの言葉に論戦を一時中止し、那子とリオネッタは魔法の端末を取り出し、チェックした。

「セブンティーンデス」

「15ですわね」

「こちらは28。ペチカはどうなっている？」

話を振られ、全員こちらを向き、ペチカは思わず身をすくめた。取り落としそうになりながらも、なんとか魔法の端末を取り出してステータス画面を呼び出す。

「0のままです……」

マジカルキャンディー所有数の表示は0のまま変化がない。

「どういうことデスかね」

「モンスターを倒すことによってマジカルキャンディーが手に入る、という説明に嘘はないようですが……数にばらつきがありますわね。パーティーを組んでいれば同じだけ手に入るというものではないみたい」

ステータス画面の最下部にはパーティーメンバーの名前が三人、クランテイル、御世方那子、リオネッタの名が表示されていた。

クランテイルはしばし考えていたようだが、

「とどめを刺した者だけがもらえているのではないか」

「ああ、確かに数字見た感じはそれっぽいデスね」

「働かざる者食うべからずということですわね」

リオネッタがペチカを見やり、ペチカはまた身をすくめた。

クランテイルは顎に手をやり、さらに考えた様子でこういった。

「魔法の端末には譲渡《じょうと》機能がついている。戦闘後、キャンディーの再配分をしよう」

「なぜですの？　働いた者がより多くもらえる、その方がよろしいでしょう。働き甲斐《がい》がありますもの。マルキシズムが流行ったのは前世紀ですわ」

「今回のような雑魚《ざこ》の掃討《そうとう》ならそれでいいかもしれない。だが敵が少ない時にとどめを争って足並みが乱れれば誰も得をしない」

リオネッタが眉を寄せた。クランテイルの理屈はペチカにもわかる。ＲＰＧでは、大きくて強い敵が出てくる時は、大抵単独か少数で出てくるものだ。そんな時に、誰がとどめを刺すかで揉《も》めるようでは、敵が強いだけに面倒だけではすまないかもしれない。

「欲張りさんは自重《じちょう》すればいいデース」

「お黙りなさい」

「あの……私、別に……見てただけですから……」

「そう思うなら次から戦えばいい」

クランテイルの言葉に、ペチカはより一層身をすくませた。いっそ消えてしまいたかった。

とりあえずゲーム時間で三日間、実時間では一瞬の間、ログイン状態でゲームをしてもらう。その後、実時間で三日間を置いて、また再ログインしてもらう。この繰り返しで、誰かがゲームをクリアするまで続く。ファルはそういっていた。つまり、少なくとも三日間はこの状態が継続する。胃の辺りがしくしくと痛くなってきた。

「リオネッタ、それでいいか？」

不承不承、といった様子だったが、リオネッタは頷《うなず》いた。

「まったく、これじゃキャンディーが貯まりませんわ。狩場を見つけてこれですもの」

狩場。あまり耳慣れない言葉だ。モンスターが出現する場所とかそういうことだろうか。

ピッ、と電子音が鳴り、リオネッタの魔法の端末の上に白黒の球体が浮かび上がった。ヘルプボタンを押したのだろう。

「なにかあったぽん？」

「倒したモンスターは倒したきりですの？　新しい狩場を探すのって面倒ですのよね」

「モンスターは朝になるたびに湧いてくるぽん」

「あらそう。それじゃもう一つ。次のレベルまでいくつキャンディーを貯めればよろしいのかしら。ＲＰＧならそういう表示がされているものではなくて？」

「レベル？」

ファルには相変わらず表情がなかったが、声の調子でいわんとすることがわかった。なにを聞いているんだろうと意外そうに思っているようだ。

「このゲームにレベルなんてないぽん」

「はあ？」

「キャンディーはショップで使うアイテムぽん。この世界の通貨ぽん。まあショップで使う以外に必要なことがあるかもしれないけど、今はショップで使うアイテムってことぽん。そうそう、リアルマネートレードは厳しく制限されておりますぽん」

「ショップなんて、そんなもの……」

「あれ？　街の中にあるけど気づいてなかったぽん？」

ペチカ、那子、リオネッタ、クランテイル、四人で顔を見合わせた。

「便利なアイテムをたくさん売ってるからぜひぜひ利用してほしいぽん。ああ、あと先ほど草原エリアが開放されましたぽん。よろしければそちらにもお越しくださいぽん」

「エリアが開放？　どういうことですの」

「他のプレイヤーが固定ミッションをクリアして別エリアへの門を開けたってことぽん。

安心してほしいぽん、クリアしたプレイヤー以外も移動できるぽん。でも固定ミッションには報酬があるからぜひぜひクリアを狙って……」

ファルの言葉は途中で打ち切られた。リオネッタがヘルプを解除したからだ。

他のプレイヤーが先に進んでいる。対するこちらは街にショップがあり、マジカルキャンディーはそこで使用する通貨だということすら把握していなかった。やる気のないペチカはともかく、他の三人の表情には焦《あせ》りが見えた。

「とりあえず、街へ戻ろう。ショップの位置を確認してから草原エリアへ向かう」

クランテイルの言葉に全員が頷いた。

☆シャドウゲール

黒いナース……シャドウゲールは、右手のレンチと左手の鋏《はさみ》をクルクルと回し、腰のホルスターにスチャっと収めた。このような異常事態でも魔法少女的行動をとってしまう自分に苦笑する。汗を拭《ぬぐ》おうと額に手を当てたが、そこに汗は一滴たりともなかった。

『戦闘が終了しました』

魔法少女は生物の限界を超えた身体能力を持つ。シャドウゲールのように、直接戦闘に魔法を使うことができなくとも、それなり以上の強さで戦うことができる。とはいえリアル社会で魔法少女の身体能力を用いて戦う機会などあるはずがない。それなのに今回、足がすくむこともなく、身体が震えることもなく、普通に戦えてしまった自分に驚いた。戦いの経験などないことは誰より自分が一番知っている。人間ではない、あからさまな異形《いぎょう》が相手だったから、殴ったり斬ったりがしやすかったのかもしれない。

周囲には、赤一色の人骨という異様な残骸が散らばっている。

「所詮《しょせん》骸骨は骸骨に過ぎない……色が変化した程度では強さも変わらないわ。スーパーヒロイン『マスクド・ワンダー』の敵ではないのよ」

覆面の魔法少女は右手を上げ、左手を腕の前で曲げ、足を大きく開いた「勝利のポーズ」をとったままでそう呟いた。ゲームを開始してから知り合った相手ではあるが、未だ「勝利のポーズ」にどんな意味があるのかは聞けないでいる。

「あの……大丈夫ですか？」

シャドウゲールは心配そうに尋ねた。きりっとポーズを決めたマスクド・ワンダーの頭部にはこぶが膨らんでいた。赤く腫れ、見るからに痛そうだ。

「この程度で挫けるマスクド・ワンダーではない……ちょっと痛いけどね」

「攻撃を受けたようにも見えなかったがね。なぜ怪我を負ったかわかるかい？」

心配する様子も見せず、なぜ怪我を負ったのかと尋ねた車椅子の魔法少女には顔にも腕にも包帯が巻かれていて、そちらこそなぜそうなったと聞き返したくなる。

「骸骨の一体に石を投げたらガツンとやられたのよ。後ろから攻撃を受けたってわけでもないみたいなんだけど……」

「なにかしら特殊な能力を持っていたのかもしれないな。草原のショップにあったモンスター図鑑、値は張ったが購入を検討しておこう。この分なら遠からず買えそうではあるね」

車椅子の魔法少女はそういい、魔法の端末を見るよう促した。シャドウゲールがマジカルキャンディーの所持数を確認すると、56になっている。

「87!?」

覆面の魔法少女「マスクド・ワンダー」が驚きの声をあげた。骸骨を一体倒すたびにポーズを決めるという非効率的な縛り？　の元に戦っていたようだが、それでもシャドウゲールより倒した数は多かった。

「これだけあったらショップで色々アイテム購入できるわね」

「すごいですね。白い骸骨に比べて段違いで多いじゃないですか」

「荒野エリアから草原エリアに移っただけでこれだよ。敵の強さなんて、さして変わっちゃいないというのにね。やはりエリア開放を優先すべきだな」

車椅子の魔法少女「プフレ」は自分自身にいい聞かせるように頷き、

「では地図の用意を。草原エリアの街に戻る」

ついてこいとも一緒に行くぞともいわず、プフレは車椅子を走らせ、シャドウゲールとマスクド・ワンダーは慌てて後を追った。

プフレはぶれない。現実世界でシャドウゲールとコンビを組んでいた時となにもかわっていない。自分が考えることは他人のためになることだ、だから当然他人も従うのが当たり前だという自分中心主義者だ。傲慢《ごうまん》で自分勝手だ。

魚山《ととやま》護《まもり》の近くにはいつだって人小路《ひとこうじ》庚江《かのえ》がいた。それは魔法少女になってからも変わらなかった。魚山護が魔法少女「シャドウゲール」になり、人小路庚江が魔法少女「プフレ」になってからも、プフレの背中を護《まも》るようにシャドウゲールがついて回った。

護が庚江を尊敬していたとか、大好きだったとか、依存症《いぞんしょう》だったとか、そういう事実は護の名誉に誓って一切ない。

他人の上に立つことを当然と思い、敵を追い落とす時はサディスティックに追い討ちをかけ、身内以外は家畜《かちく》か奴隷《どれい》かゾウリムシかミカヅキモ程度にしか考えず、なのに、自分は典雅《てんが》で優しく愛されるべくして愛されていると本気で思いこんでいる。

誰よりも近くで庚江を見続け「こいつホントひでえな」と思うことにさえ飽き、それでも護は庚江の傍らにいなければならない。

人小路の家は、先祖代々綿々《めんめん》と金持ちだ。蓄《たくわ》えて肥《こ》えて太って転がって現代まで続いてきた怪物のような家柄だ。

庭石に使った金高《きんだか》がサラリーマンの生涯年収をはるかに超えている。町内一つ分を埋める屋敷のために、ついた地名が人小路で、駅もバス停も全て「人小路邸前」だ。庚江に向かって石を投げた悪餓鬼《わるがき》の家は、翌日遠くへ引っ越した。

そして魚山家は、代々人小路家に仕え続けている。両親から聞かされた護という名前の由来「お嬢様をお守りできるように」からも護の存在意義がわかるように、物心つく前から従者《じゅうしゃ》として庚江の後ろに立ってきた。それを嫌がれば大人から怒られる。

護は後ろに立ちながら庚江への賞賛《しょうさん》を聞かされた。人小路に取り入ろうとする者のおべっかや阿諛追従《あゆついしょう》が六割を占《し》めたが、四割は的《まと》を射た賞賛だったように思える。

お嬢様学校の中にあって学業スポーツともに全国トップクラス。ただし飽きっぽいため特定のスポーツをやりこむことはない。均整のとれた身体、すれ違う十人中八人が振り返る派手な見目。幼稚園、小学校、中学校、高校と全ての中心に庚江がいた。

そのことによって護がひねくれたりねじくれたりといったことは当然あっただろう。しかし幼い頃から「人小路の家にお仕えする」ことを当然のように教えられ、世間を知ってからは両親や自分をシニカルに見るようになった。

二人が魔法少女になってからもそれは変わらない。プフレがなにかを命じ、シャドウゲールは「はいはい」と嘆息《たんそく》混じりでそれに従う。

このゲームに巻きこまれ、まず最初にプフレが命じたことは「私に包帯を巻け」だった。ナースモチーフのコスチュームであるシャドウゲールは、衣装の内に包帯がある。

「魔法少女には二種類いる。戦う魔法少女と戦わない魔法少女だ」

怪我人でもないのに怪我人のようになったプフレはそういった。彼女のモチーフである車椅子が一役買っていたことはいうまでもない。

「戦う魔法少女というやつは荒事《あらごと》向きだ。なにが起きてもいいよう手元に押さえておきたい人材だ。我々は二人とも暴力の才能を欠いているからね」

「それがどうして包帯になるんですか？」

「彼女達には、弱者を守らんという保護欲がある。慈愛の対象は、怪我人だったり病人だったり乳幼児だったり老人だったり妊婦《にんぷ》だったりするわけだよ」

わけもわからず骸骨に襲われてなにがなにやらというシャドウゲールに比べ、プフレはこの時点で必要なことを予測していた、ようだ。モンスターを倒してアイテムを入手しろ、まずは街へ向かえ、といった行為がＲＰＧ的だったからかもしれない。魔法の端末を操作していたようだし、ビルの中でも色々と調べていたので、その辺になにかしらのヒントがあったのかもしれない。

これはゲームではないか？　ゲームだとするとプレイヤーは自分達以外にもいるのでは

ないか？　他プレイヤーがいるとすれば、それもまた魔法少女ではないか？　他プレイヤーは争うだけの相手ではないのではないか？

おそらくはそのような考えによって自分を包帯で巻かせ、怪我人のように見せた。弱者を守ろうという立派な心がけの「戦う魔法少女」が引っかかることに期待して。

以上は全てが終わってからシャドウゲールが想像したことでしかない。プフレは、自分がなにを考えて行動したのだと懇切丁寧《こんせつていねい》に説明してくれる親切者ではない。人の善意を利用して悪びれない人小路庚江であれば考えそうなことを推測しただけだ。

そして一匹釣れた。

マスクド・ワンダーは、ぴっちりとしたスーツにパープルのマント、蒼《あお》い瞳だけを見せる黒覆面《くろふくめん》、金色の髪が太陽の下でキラキラと光り輝くというアメコミヒーロー的ないでたちで、声の大きさと浮き上がった身体の凹凸《おうとつ》、それになにより登場の仕方がアメリカ的だった。

「悪を許さぬ正義の化身！　その正体は敵か味方か！」

プフレに命じられ、車椅子を押していると、ビルの上から大きな声が聞こえた。見上げると何者かが飛び降りてきた。膝を折り曲げ、土埃を舞い上げて着地すると、右手を上に上げ、左手を胸の前で曲げ、足を大きく開いて叫んだ。

「我が名はマスクド・ワンダー！　力ある正義の体現者『魔法少女』！」

自己紹介だったことに気づけたのは、プフレが「私はプフレでこちらはシャドウゲール。はじめまして、マスクド・ワンダー」と何事もなかったかのように挨拶をしたからだ。

「怪我をしているようだけどスケルトンにやられたの？」

「それで声をかけてくれたのかい？　わざわざご親切に。どうもありがとう」

「礼は不要よ。スーパーヒロインとして困っている人を助けるのは当然のことだから」

困っている人を助けるのは当然のことというマスクド・ワンダーが護衛役を買って出てくれ、プフレは当座の目的を果たしたのだった。シャドウゲールは思う。世の中は悪人にとって便利なようにできている、と。

その後、街に到着し三人でパーティーを結成。イベントをクリアし、新しいエリアへの門を開き、新しいエリア「草原」に到着した。

「だだっ広い荒野エリアの端から端まで歩かされる」という嫌がらせじみたミッションを、手早くクリアできた理由はプフレにある。プフレの魔法は、見たまま「魔法の車椅子」で、彼女の操《あやつ》る車椅子は衝撃波と爆発音を発生させる速度での走行を可能とし、ひたすらに歩かされるイベントの必要時間を大幅に短縮させ、数時間かかる道のりを二十分で走破《そうは》した。

その間、シャドウゲールとマスクド・ワンダーは荒野の各所を回ってマジカルキャンディーを稼《かせ》いだ。怪我人のはずのプフレが、土埃で痕跡を残し、猛スピードでかっとんでいくところを見たマジカル・ワンダーがなにを思っていたのかはわからない。「元気なのは素晴らしいわね」といっていたので、好意的ではあるようだ。

☆マジカルデイジー

マジカルキャンディーとは、このゲームにおける通貨と同じ役割を持つ。モンスターを倒すと手に入る。つまりマジカルキャンディーによって、積極的にモンスターを倒す意義が生じる。なにはなくとも、とりあえず多く所有した方がいい。絶対役に立つのだから。ファルはそう説明してくれた。

マジカルキャンディーという名称に聞き覚えがあったのは自分も同じとのっこちゃんがいっていた。それもファルに尋ねてみると、

「あるテスト地区のお話ぽん。魔法少女の仕事＝人助けを行うことで、人助けの規模や感謝される度合いによってマジカルキャンディーを与えられたぽん。要するに善行の数字化ってことで魔法少女の働きを評ろうとしたぽん」

あまりにもシステマチックで血が通わず、情誼《じょうぎ》も友愛もあったものではない。一部勢力の猛反発によって、テストの段階で廃案となり、名前だけが今回再利用されたのだとい

う。なるほど、いわれてみればそんな話を聞いたことがあったかもしれない。

街にあったショップはゲーム内の他の場所と同じく無人で、各種回復アイテムや保存食等のアイテムが記されたメニューが掲示されていた。マジカルデイジーはヘルプボタンを押してファルを呼び出した。

「この通行証っていうのはなに？　マジカルキャンディー5で買えるらしいけど」

「通行証はエリア間を移動する際必要になりますぽん。パーティー一つにつき一枚必要ぽん。一枚で次の夜明けまで効果がありますぽん」

「じゃあそれを一枚買っておこう……いいよね？」

三人は頷き、マジカルデイジーはメニューを指差した。

「じゃあ通行証を一枚と、あとは……保存食？」

「ゲーム内では隠しパラメーターに空腹度がありますぽん。魔法少女であっても食事は必要になってますぽん。というわけで飢えない程度に食べてくださいぽん」

いわれてみるとお腹が減っている。ゲーム世界に入ってからすでに数時間は経過しているはずだ。時計はなく、不自然に変化のない気温のせいで時間間隔もおかしくなっている。

「それと、この『R』ってなに？」

ほとんどのアイテムには散文的な名前がついており、「回復薬大」「回復薬小」「保存食」と見るだけで大体の内容が理解できる中、「R」とだけ記されたアイテムは異彩を放っていた。単に名前が謎めいているというだけではなく、飛び抜けて値段が高い。保存食が一食で1キャンディー、回復薬大が20キャンディーという中で、これだけ100キャンディーも必要だ。

「こちらはランダムでアイテムが入手できますぽん。とんでもなくレアなものが手に入ることもあるぽん」

「ほうっ」と奇声があがった。誰かと思って見ればジェノサイ子だった。

「やはし、この手のゲームにガチャは必須要素だね！」

「そこまで喜ぶことアルか？」

「欲しいアイテムが手に入らず延々とガチャを続けて気がつけば夢の借金生活、その内、職場にまで督促《とくそく》の電話がかかってきたりするんだよ」

「それ全然喜ばしくないアルよ」

「わかってないなー、それがいいのに。あーコレクター心が刺激されるー」

「でも……キャンディーが足りてないです」

のっこちゃんのいうようにキャンディーの数が全く足りていない。四人のキャンディーを全て足してもたったの20、「R」を買うには80も不足している。

「うーん、残念。こういうのをやってこそゲームが楽しいのにな」

「今なら開店記念のキャンペーン中ぽん。最初の一回だけキャンディー10ですぽん」

バイザーの奥の目がきらっと光ったような気がした。

「やろう、やろう、絶対やろうさあやろう今すぐやろう」

「でも薬とか保存食とか買っておいた方がよくないアルか？」

「余ったお金で買えばいいじゃん。今だけ十分の一ってここでやらなきゃ絶対損だよ」

結局ジェノサイ子の押しに負け、「R」を一つだけ購入し、結果、「地図」が手に入った。

地図は魔法の端末にマップ機能を追加するアプリケーションで、そのエリアの街や自分の現在位置、登録してあればパーティーメンバーのいる場所もわかる。ジェノサイ子は胸を張って「ほら、便利アイテム手に入った。やっぱやってよかったっしょ」と威張《いば》った。

もう少し情報収集すべきだという＠娘々の慎重な意見と、とりあえず新しい場所を見てみたいというジェノサイ子の大胆《だいたん》な意見、それにマジカルデイジーのいうことに従うという付和雷同なのっこちゃんも加え、マジカルデイジーが最終的に出した結論は「草原エリアに出てみよう」だった。

ゲームへの参加を決定し、気がつけばリーダーのような役割を担っていた。誰かから頼りにされることは苦手ではないが、久々だ。たぶん自覚している以上に張り切っている。

慎重に事を運ぶべきかとも思ったが、これ以上荒野にいても得るものがあるとは限らない。

ゲームに参加し、パーティーを率《ひき》いている以上、どうせなら勝ちたい。ならば先に行く者との距離を少しでも縮めた方がいい。道中、散発的に出現した骸骨を蹴散らし、魔法の端末に表示されたマップに従って進む。切り立った岩場の間を遮るように建てられた、江戸時代の関所のような、時代がかった木製の門が見え、くぐると荒野が草原に変化した。

足首ほどの長さの草が、そよそよと風に吹かれている。鮮やかな緑色が一面に広がり、ビルと土ばかりだった荒野エリアより目に優しい。太陽の輝きもいくらか弱くなっているようで、体感温度も下がっている。

「だだっ広いってとこは変わんないですねえ」

ジェノサイ子は腰を曲げ、バイザーに手を当てて、ぐるっと見渡した。後ろの門を除き、どちらを見ても地平線しかない。荒野よりは目に優しいが、こちらはこちらで長期間いると飽きてしまいそうだ。

「さっきみたいな『街』はないんでしょうか……」

のっこちゃんが魔法の端末でマップを呼び出している。

「街もいいけど、この手のゲームで大事なのは稼ぎ場っすね」

ジェノサイ子はシャドーボクシングのようにシュッシュとパンチを繰り返した。

「イベントでエリア間の門が開くらしいけど、そっちはどうするアル？　ファルはイベントクリアでもマジカルキャンディーがもらえるといってたアルよ」

＠娘々はしゃがみこんで草を観察しているようだ。

全員それなりにもっともなことをいっているようだから困る。

稼ぎ場は大事だ。戦うことが禁じられていたに等しいマジカルデイジーにとって、骸骨は手応えがないとはいえ、日常生活のフラストレーションをぶつける相手としては最適だった。どんな殺人技を見舞おうと倫理的に許されるのはゲームのいいところだ。

イベントも大事だ。より強い敵と戦うためには、さらに先のエリアに進まなければならないだろうし、そもそもクリアするためには誰よりも早く先のエリアに行かなければならないはずだ。ゲーム的には大抵そういうものだろう。

こうしてみるとマジカルデイジーは戦闘の有無を基準に考えている。

——だって楽しいじゃん、戦うの……。

禁忌《きんき》とされていることを臆さず行えるのがゲーム世界のいいところだ。そういうことにしておきたい。

「よし、まずは街を目指そう。クリアイベントやそのヒント、良い狩場の情報なんかも街に行けばわかるかもしれないしね」

新しいエリアに入るなり即エリアマップが表示されるようになり、街へも真っ直ぐ進むことができる。なるほど便利な地図だ。ジェノサイ子が威張るだけの価値はあった。さあ草原を越えて街へ向かおう、と歩き始めて五分で邪魔が入った。

「おお、レッド」

「うわっ……なんか、グロテスクですね」

モンスターの出現地点にでも入ったか、わらわらと骸骨が地面から這い出してくる。しかもその骸骨、荒野エリアの全《まっと》うな白色とは違い、見事な赤一色に染め上げられていた。

「スケルトンマークⅡってとこアルか」

「色変えただけで容量削減しようとか、魔法のゲームにしちゃ意外とせせこましいねぇ」

「みんな油断しないで。新しいエリアだから敵も強くなってるかもしれない。見た目で判断せずに全力で戦うよ」

ジェノサイ子がバイザーを下ろし、@娘々は片脚を上げた中国拳法風のポーズで構え、のっこちゃんはリボンで飾られたモップを振り上げた。

対モンスター戦術は相談済みだ。まずはバイザーを下ろしたジェノサイ子が突撃する。夢ノ島ジェノサイ子の魔法は「特殊スーツ」だ。本人曰く「スーパーノヴァだろうとビッグバンだろうと防いでみせる」とのことで、バイザーさえ下ろしていれば、あらゆる攻撃を通さないらしい。「じゃあ私のデイジービームをぶつけたら……」という考えがマジカルデイジーの頭を過《よ》ぎったが、口にはしなかった。マジカルデイジーは大人の魔法少女であるため、大人気ない茶々を入れたりしない。

ジェノサイ子が敵に突撃し、蹴って殴って暴れまわる。腰の銃は雰囲気作りの飾りであ

るため使用せず、肉弾戦を繰り広げる。敵がどのような攻撃をしてくるか、打たれ強さはどの程度のものか、逐一《ちくいち》チェックする。

「あ、問題ないっぽい！　こいつら白い骸骨と大して変わんないわー！」

報告を受け、@娘々が骸骨の一体に飛び蹴りを決め、のっこちゃんがモップを振り回して骸骨の頭蓋《ずがい》を砕いた。当然マジカルデイジーもじっとしているわけではない。肘打ち、回し蹴り、掌底《しょうてい》、前蹴り、訓練していた全てを骸骨にぶつけていく。

瞬く間に骸骨は蹴散らされ、残るは一体のみ。

「みんな離れて！　決めるよ、必殺技！」

皆が離れたのを確認し、マジカルデイジーは骸骨を指差し、叫んだ。普通に攻撃してもよかったが、せっかくマジカルデイジーのファンがいるのだ。ファンサービスを兼ね、必殺技で締めなければ、魔法少女の名折れになる。

「デイジービィームッ！」

骸骨の胴体に黄色の光線が直撃した。背骨が霧散し、肋骨が飛び、バラバラと崩れ落ちていく赤い骸骨を想像したが、しかし骸骨は一切ダメージを負わず動いている。@娘々が飛びかかり、踵、腰、首と次々に蹴りつけ、骸骨の全身を打ち砕いた。

ジェノサイ子がこちらを指差し叫んでいる。なぜか声が聞こえない。なにかが喉の奥からこみ上げてきて、吐き出した。温かい液体だ。空が見える。ただ青く、太陽以外はなにもない。背中を打ちつけた。倒れた拍子にマジカルデイジーは自分の腹を見た。真っ赤に染まり、止め処《ど》なく血液が流れ出ている。

最後に心臓が強く脈打ち、マジカルデイジーは意識を失った。

☆ペチカ

街を拠点に、草原のモンスターを狩って、マジカルキャンディーを稼ぐ。それと並行してエリア開放イベント、その他ゲームクリアに役立つ情報を集めるため、探索《たんさく》に出る。パーティーを分けるのはリスクもあったが、「R」で手に入れた地図があればパーティーメンバーの現在位置を把握できるということもあり、二手に分かれて行動することになった。

戦闘班と探索班に分かれようとなった時、ペチカは心底からほっとした。戦いに加わる勇気はなく、貢献《こうけん》のなさを責める視線に耐える図太さもなく、リオネッタにいたっては「パーティー三人の方が効率いいんじゃないかしら」などと聞こえよがしに呟いてくれる。仲間に入れてくれと頼んだ覚えはないよバカといってしまえる勇気があれば、きっとこんなことにはなってない。

なにができるというわけでもないし、なにをするというわけでもないのに、時間だけが過ぎていく。早くクリアしてしまいたいのに、ゲームが進行している気がしない。焦燥感だけが膨らんでいく。いつ弾けるかはペチカにもわからない。

ペチカは探索をさせてほしいと申し出た。

「ハハハ！　役に立つ情報ゲットしまくりでリアルドール驚かせてやりマース！」

毒のある言葉が怖いリオネッタや、無言の圧力が怖いクランテイルに比べ、御世方那子はそれほど怖くない。外見的にも、モンスター然とした二人に比べ、見た目だけは人間に見える。

「草原エリア実に快適ネ！　もう荒野には戻れまセーン！」

「あの、できればもう少し静かに……」

「生き物いるといいですネー！　ワタシの子にしマース！」

「あの……」

「ペチカさんどうやって魔法少女なりましたカー？　ワタシメールもらったデース！」

「だから……」

「これかわいいデスネー！　かわいいはジャスティース！」

「ちょっと引っ張らないで……」

ただ、うるさい。さわいでモンスターが出てきたらと気が気ではないペチカを他所《よそ》に、とにかく道中口を閉じるということがない。

景色を見ては騒ぎ、風が吹いては笑い、なにがなくとも自分のことを話し続ける。御世方那子には、とても可愛い「たまちゃん」というお友達がいて、しかしたまちゃんをゲーム内へ連れてくることは叶わなかった。ファルに聞いたところ、魔法少女の武器とコスチュームくらいしかゲームに持ちこむことはできないのだという。

ただ歩く以上に疲れ、おかげで保存食だけの食事も美味しいが、嬉しくはない。

「だったら骸骨以外も出せっていう話デス！」

岩に腰掛け、ボソボソと保存食を食べている時にバン！　と岩を叩かれ、ペチカは驚いて保存食を取り落とし、慌てて拾い上げ息を吹きかけ食事を再開した。

「骸骨しか出てこないとワタシの魔法が使えまセン。お友達ができて、初めてワタシパーティーの役に立てるデス。マジック使えない魔法少女いりまセーン」

美味しい料理を作ることしかできず、パーティーに貢献しているとはいえないペチカのことをどう思っているのだろうか。怖くて聞けたものではない。

「だからワタシ、この探索で新しいモンスターを探しているのデース」

ぐっと拳を握って語る那子の瞳は輝いていた。

「ペチカさん、新しいモンスター見つけたらワタシに譲ってくだサーイ。お礼としてペチカさん追い出されそうになったらワタシがフォローしマース」

「ああ……うん。どうも」

那子はペチカの手を握って上下に振った。一応励《はげ》まされているのだろうか。励ましの内容がどうにもずれていて、励まされている気がしない。

荒野に比べれば草原エリアはまだしも生き物の気配がある。ここならばきっと動物型のモンスターがいるに違いない、と息巻く那子の意気込みに反し、赤い骸骨以外のモンスターは蟻《あり》一匹出てこなかった。「ファッククソゲー」という那子の呟きに、ペチカは頷いた。モンスターに怯えるペチカにとっては運がよく、友達が欲しい那子にとっては不運なことに、動物型モンスターは出てこなかった。だが他のプレイヤーに会うことができた。

草原の街で出会った車椅子の魔法少女、プフレは、エリア開通ミッションの攻略真っ最中だという。他のパーティーメンバーはキャンディー稼ぎに行っているそうだ。

触れれば消えてしまいそうにはかなげで、撫でれば折れてしまいそうに頼りなげで、いくら探索とはいえ、この子一人でやらせるのは危ないんじゃないかと思ったが、プフレの声や口調は見た目よりも遥かに力強く、やはり魔法少女なんだな、と思わされた。

「いくつかのパーティーが形成されたようだね。単独行動も一人いるようだ」

単独行動。たった一人で骸骨と戦わされることを考えただけでも背筋が寒い。ペチカだったら御免こうむりたい。

「街の東で狩りをしている一グループがいて、南の方にもそういうグループがいる。不思議なことだが、縄張りを作ったわけでもないのに自然とバラけるものだね。あとはそうだな。草原に赤いスケルトンがいるだろう。あれには注意しておきたまえ」

「でもあのスケルトン弱っちいデス。白いのと変わりまセーン」

「あいつは白い骸骨と違い、飛び道具を反射する特性を持つ」

差し出された魔法の端末には赤い骸骨のイラストが表示されていた。こちらに襲い掛かろうとしている迫力あるイラストは、壊されるだけの実際の骸骨よりも強そうに見える。

「名称・スケルトンパワード」「マジカルキャンディー8～12」「出現エリア・草原」「出現数・5～20」「弱点属性・炎」「あらゆる長射程攻撃を反射します。距離を詰めて直接攻撃で破壊しましょう」等、ずらずらと説明が続いていた。

「パーティーメンバーが石を投げつけてしまってね。彼女の頭には大きなこぶができた」

「これはなんデス？　モンスターデータ？」

「草原のショップで売っているアプリで、モンスター図鑑だよ。攻撃反射なんて手合いが出現するようだと必須かもね。敵に攻撃したら跳ね返ってきましたでは洒落《しゃれ》にもならない」

早速クランテイルに「赤い骸骨は飛び道具を跳ね返すそうです」とメールを送っておいた。すでにパーティーメンバー間でアドレスは交換してある。不調が続いている端末のメール機能だが、なぜかゲーム内に存在する人間限定では問題なくメールが使用できた。

「草原エリアのショップには他にも色々とアイテムが売っているから見てみるといい。武器や防具も売っていたよ。魔法少女が扱う得物《えもの》としては、素材や作りが少々素朴《そぼく》というか物足りない品だったがね」

教えてもらったことを魔法の端末のメモ帳に記録し、プフレと別れた。教えられるばかりで、こちらが出す情報は全て向こうの知っている事柄ばかりだったが、それでもプフレは笑顔で手を振ってくれた。

「いい人でしたネー」

「本当、いい人でよかったです……」

探索中に出会った魔法少女はプフレのみだった。他の魔法少女は、狩場でモンスター退治に勤しんでいるのかもしれない。荒野エリアに比べ、草原エリアは遥かに実入りが良いため、ここで一つ稼いでおこうと考えても不思議ではない。

街の中にはメッセージがあった。生活の気配はなく、ただいたずらに建物が乱立しているだけではあるが、張り紙や書置きの形でヒントが表示されている。

「ここは草原の街」といったような言葉だけではなく、草原のどこそこにはモンスターが湧き出すポイントがあるから注意しろ、とか、ショップで売っているアイテムは街ごとに違っている、とか、様々な情報を授けてくれ、ペチカはそれを一つ一つ記録していった。

「不満デース」

「えっ、なにがですか?」

「家の中に箪笥も宝箱もありませーン！　あれを漁《あさ》って怒られないのは勇者にのみ許される特権デース！」

「そうなのかなぁ……」

　このような不満もあったが、概《おおむ》ね上手くいったのではないかと思う。建物の一室にぽんと置いてあった手紙を拾い、手紙に書かれていた指示に従い、その手紙を荒野の街のとある建物まで運んだ時は、マジカルキャンディーを百ももらった。那子は「ミッション大成功デース！」と拍手し、この人はうるさいというより感情の振れ幅が大きいんだな、とペチカは思った。

　夜になり、あらかじめ決めていたポイント、草原エリアの街の前で戦闘班と合流した。車座になって座り、それぞれが手に入れた情報や、集めたマジカルキャンディーについて話した。焚《た》き火を囲むのがお約束だが、魔法少女は夜目《よめ》がきき、獣避けの意味もなく、温かさも必要ないため、ただぐるりと輪を描いて座っている。

　リオネッタはひどく疲れているようで、表情は優れず、口数も減っている。クランテイルが無口なのは相変わらずだった。鹿の小さな尻尾が力なく垂れていて、こちらも疲労しているようだ。

　戦い詰めで疲れたのだろうと思ったが、そうではなかったらしい。

「ろくに稼げやしませんでしたわ」

「オー？　働かざる者ドウコウいってたはドナタでした？」

「働かなかったのではありませんわ。働けなかっただけです」

新しい狩場を探して行き着いた場所には、すでに他の魔法少女がいて「ここは自分達が見つけた場所だから他所へ行け」と追いやられたのだという。

「感じ悪い人達デスね」

「そうですわね。貴女の次くらいに」

那子が反論を口にする前に、クランテイルが座ったままでガツンと蹄を打ちつけた。立ち上がりかけた那子が腰を下ろし、リオネッタは口をつぐみ、ペチカは震えながら保存食に齧《かじ》りついた。腹はくちくなっても、ぼそぼそとした歯応えで全然美味しくない。

それにしても、とペチカは考えた。リオネッタはあの通り勝気だし、クランテイルだって理不尽なことをそのまま許すタイプではない。「他所へ行け」といわれて素直に従うものだろうか？　二人の疲弊した様子を見るに、なにかそれ以外のことがあったのかもしれない。

ペチカがそんなことを考えながら保存食を齧っていると、魔法の端末が着信音を鳴らした。ペチカの物だけでなく、他の魔法少女の端末も鳴っている。

画面には指示が表示されていた。

『これよりイベントが発生します。五分後に全てのプレイヤーを『荒野の街』の広場に強制移動します』

☆シャドウゲール

ゲームが始まった時と同じで一瞬で風景が変化した。急な変化に足元がぐらつき、倒れかかって車椅子の背に手をかけた。これは確かに強制移動だ。

広場のそこかしこに魔法少女がいた。ゲーム内とはいえ、これだけの魔法少女が一箇所《いっかしょ》に集められると壮観《そうかん》だ。

巫女風の魔法少女が侍風の魔法少女に向かって「ゲイシャー！　ハラキリー！　デンチュウでゴザルー！」と奇怪な単語を連発していたが、侍風の魔法少女は無視している。

メイド風と特撮の戦闘部隊風と中華風の三人は、隅の方で固まってなにやら相談しているようだ。心なしか、全員顔色が優れず青ざめている。鳥打帽《とりうちぼう》を被り、ケープを羽織《はお》った……どこぞの名探偵を思わせる格好の魔法少女が彼女達に話しかけていた。

下半身が鹿の魔法少女が尻尾をぶんぶんと振っているのは興奮しているのだろうか。それに付き従うコックさんとかパティシエとかそんな感じの魔法少女は不安げだ。

シャドウゲールは半ば見とれながら観察し、その中の一人で目を止めて、プフレの裾をちょいちょいと二度引き、小声で伝えた。

「あれです、あの魔法少女」

視線で指した先には、まるでハムスターの着ぐるみを着ているような、全体がふかふかでふわふわの魔法少女が、巨大なひまわりの種を翳っている。隣に立つ大きな弓を担いだ魔法少女が話しかけているようだが、耳に入っているかは怪しい。

「そうね、あれで間違いないわ。サイズは違うけど」

シャドウゲールの言葉を、マスクド・ワンダーが保証した。

プフレが情報収集をしている間、シャドウゲールとマスクド・ワンダーはキャンディー稼ぎ、即《すなわ》ち索敵《さくてき》と戦闘に終始していた。資本家と労働者、ホワイトカラーとブルーカラー、使う者と使われる者の関係はゲーム内でも変わらない。

どこまで行っても風景の変わらない草原の中を走り回り、端から端、エリアの隅、切り立った岩によって移動が制限されている場所まで突き当たり、その間、目についた赤い骸骨を全て倒し、一息ついて保存食を食べているその時だった。

マスクド・ワンダーが先に気づいた。

「……なにかしら、これ？」

シャドウゲールはマスクド・ワンダーの視線の先を見た。マスクド・ワンダーは地面に手を当て、その手を見ている。シャドウゲールも地面に手を当ててみた。すぐには気がつかなかったが、次第に大きくなっている振動があった。同じ間隔で、ずん、ずん、と地面が揺れている。徐々に大きくなっていく。

「見なさいよ、あれ」

マスクド・ワンダーに促され、再び視線の先に目をやった。地平の向こうからなにかが歩いてきている。モンスターのようにも見えるし、魔法少女のようにも見えた。シャドウゲールは目を擦《こす》り、もう一度見直した。

「ええと……縮尺がおかしくありません？」

「合ってるらしいわよ」

大きい。それは、マスクド・ワンダーがプフレやシャドウゲールに比べて、縦も横も遥かに大きかった。地面から感じる振動はどんどん大きくなり、シャドウゲールの尻が浮くほどの勢いで揺れている。走るだけで地面を揺らす生き物が地上にどれだけいるだろう。距離にして百メートルにまで近づき、足を止めた。百メートルの距離を置いてさえ見上げている。身長……いや全長はおそらく三十メートル以上。

「ここで狩りをしちゃダメー！」

声も大きい。周囲の草がビリビリと震えている。シャドウゲールも吹き飛ばされそうになり、思わず身を縮めた。

「チェルナー達が先に見つけてた縄張りなんだよ。だから来ちゃダメ！」

ここは自分達の狩場であるため、他所に行け、と主張しているらしい。つまりモンスターではなく魔法少女だということか。

「ゲームのルール内で私達がなにをしようと咎められる謂《いわ》れなんてないわよ！」

マスクド・ワンダーが声を張りあげた。巨大魔法少女にも負けていない。

負けていない、が、折れてほしい。すでにシャドウゲールは涙目で腰が砕けている。縄張り云々《うんぬん》は理不尽だと思うし、マスクド・ワンダーの言い分はシャドウゲールのいいたいことを代弁してくれていたが、正しい方が勝つわけではないことをシャドウゲールはよく知っている。全長三十メートルの巨人に喧嘩を売ってどうするというのか。

「これ以上ここにいるならチェルナー怒るよ！」

苛立《いらだ》っているのか、足を踏み鳴らした。揺れる揺れる。立っていられない。

「無理です。あれは無理です」

膝をついたままいざってマスクド・ワンダーに取りつき、マントを引いた。

「戦うとかそういう相手じゃないです。逃げましょう。戦っても誰も褒めちゃくれませんし、意味がないです。お願いだから逃げましょう」

マスクド・ワンダーはシャドウゲールの手を振り払って身構えた。

「力ある者が正義なんじゃない。力のない正義に意味がないだけ」

「だから！　無理ですって！」

「我が名はマスクド・ワンダー！　力ある正義の体現者『魔法少女』！」

マスクド・ワンダーが叫び、跳んだ。跳んだ。跳んで跳んで……シャドウゲールは驚きに目を見開いた。最初に地面を蹴ってから未だに着地していない。軽く地面を蹴ったように見えたが、跳躍の距離、速度、ともに物理法則を無視し、猛烈な勢いで彼我の距離およそ百メートルを詰め、突然の大ジャンプに反応できず棒立ちになっている巨大魔法少女の胸を、とんっ、と蹴った。蹴りというよりは、ごく軽く触っただけに見えたが、蹴られた巨大魔法少女はふわっと吹き飛び、後方三十メートルあたりに膝をついて着地した。

あれだけの巨体が三十メートル跳んで着地したなら、歩くよりよほど大きな揺れが発生しそうなものだが、ふわりと音もなく着地し、着地した本人もなにがなにやらという表情で首を傾げては自分の身体をぺたぺたと触っている。

「なにをしたの？　これがおまえの魔法なの？」

「我々は恫喝《どうかつ》なんかに屈しないわ」

我々の中にシャドウゲールが入っていることが気にならないわけはなかったが、それ以上にマスクド・ワンダーの水際立《みずぎわだ》った戦い方は見事だった。シャドウゲールは巨大魔法少女とマスクド・ワンダーのやり取りをぼうっと見ていた。

「脅しだけじゃすまなくなるやもよ？」

巨大魔法少女は立ち上がり、右腕をぶんと縦に回した。巻き起こる風で立つこともままならない。シャドウゲールは平伏《へいふく》して草を掴んだが、そのまま草が抜けてしまいそうになった。

「試してみなさい。私に勝てると思うのならね」

マスクド・ワンダーは身構えた。一触即発《いっしょくそくはつ》の緊迫《きんぱく》した空気が漂う中、誰かが叫んだ。

「待ちなさい！」

マスクド・ワンダーの声ではない。巨大魔法少女の大きな声とも違う。シャドウゲールには声を出すだけの精神的余裕がない。ここで初めて気がついた。巨大魔法少女の肩に何者かが立っている。何者かは上からなにかを落とした。

攻撃かとも思い、後退りながら落ちてきた物を見た。赤ん坊の握り拳くらいの大きさの青い宝石だった。原石ではなく、きちんとカットされ、角の一つ一つがキラキラと光っていた。本物ならいくらするだろう。イミテーションだろうか。

「とうっ！」

青色のワンピースに白い毛のマントを羽織り、白黒ストライプの尻尾を生やしたその姿は、魔法少女以外の何者にも見えない。さっきまでなにもなかったはずの空間に、魔法少女が立っていた。シャドウゲールはさらに後退《あとずさ》った。

少女は両手の小指と人差し指を立て、腕を顔の前でクロスし、右膝を曲げ、左膝を伸ばすという苦しそうな姿勢でポーズを決めた。

「戦場に舞う青い煌《きらめ》き！　ラピス・ラズリーヌ！」

　マスクド・ワンダーは少女の目前まで近寄り、右手を上げ、左手を腕の前で曲げ、足を大きく開いた「勝利のポーズ」をとった。

「我が名はマスクド・ワンダー！　力ある正義の体現者『魔法少女』！」

　数秒間見つめ合い、どちらからともなくポーズを崩し、お互いに右手を差し出して握手をした。よくわからないが、本人同士は通じ合っているようだ。

　ラピス・ラズリーヌと名乗った少女は、宝石を拾い上げて巨大魔法少女に向き直った。

「うーっす、戻るっすよチェルっち。この人らは戦う相手じゃねーっす」

　ものものしい登場の割に、口調が軽い。

「でもでも、メルヴィルは狩場を守れって」

「んや」

　また別の声だ。そちらに目をやると、草原に溶けこむような薄ぼんやりとした人影が見えた。人影は少しずつ像を結び、緑色が薄れ、魔法少女となった。右手には少女の細腕に不釣合いな長弓、左手には、これまた不釣合いに無骨《ぶこつ》な銛《もり》を握っている。武器は物々しいが、明灰色《めいかいしょく》のマント、短いスカートから伸びたしなやかな脚、柿色《かきいろ》の髪に絡む蔓《つる》、そこから生えた紫色の薔薇《ばら》、ファンタジーに登場するエルフのように尖った耳の先、これらが魔法少女であることを主張していた。

シャドウゲールは思った。このパーティーの魔法少女には突如出現しなければならないルールでもあるのだろうか。

「お山じゃ強ぇもんがいっとう偉ぇ。強ぐなげりゃ餌ごなる。狩場楽に使えんのは強ぇもんだけだ。強ぇんなら狩場さ使っていわれねえ」

シャドウゲールは眉を寄せた。その魔法少女を見て不安な気持ちに襲われた。訛《なま》りの強い言葉のせいだろうか。それとも妙に落ち着いた声のせいだろうか。なにもないと思っていた場所から不意に現れたせいだろうか。マスクド・ワンダーを見ると、彼女は恬然《てんぜん》とし、全く動じることなく腕を組み、そのせいで胸の大きさが強調されている。

「メルっちは『貴女達はとっても強いからここで狩りをしてもよくてよ』といってるっす」

ラピス・ラズリーヌの訳に、メルっちと呼ばれた少女は「んだ」と頷いた。

「ああ、こでっさ」

少女の身体は再び緑が濃くなり、そよぐ草に同化していき、やがて見えなくなった。

ラピス・ラズリーヌは巨大魔法少女の身体を駆け上がり、再び肩に取りついた。

「それじゃまた今度。さよならー」

来た時と同じようにどすんどすんと走っていく巨大魔法少女の肩の上でラピス・ラズリーヌが手を振っていた。二人の姿は次第に小さくなり、地平線の向こうへと消えていく。

マスクド・ワンダーを見ると、彼女もまた手を振っていた。

　シャドウゲールが一日前の出来事を語り終えると、プフレは軽く頷いた。ゲーム開始後三日も経つのに、プフレの余裕溢れる態度に翳《かげ》りはない。

「今は小さい、ということは、大きくなるのは魔法かな。現実世界では人目があって使いにくかろう。ゲーム内でなら他人の目を気にせず自由自在に大きくなれるわけだ」

「あれはかなりインパクトあったわ。もっとも私の敵じゃないけど」

「見えなくなる、というのは透明化というより……聞いた感じ光学迷彩のようだね。色が変化している、というのがそれらしい」

「なかなか便利そうではあるわね。当然私の敵じゃないけど」

「その通りだ。私が見こんだ通り、君は強い。正義の実行者に相応しい実力の持ち主だ。実力というのは腕力や魔法の強さだけではなく人となりも含めてね」

　マスクド・ワンダーの頬に赤みが増し、鼻が一センチくらい高くなった気がした。プフレはその人がどう褒めてほしいかを知っている。

　と、そこへ、一人の魔法少女がとことこと歩み寄ってきた。少女は小指を人差し指を立て、腕を顔の前でクロスし、右膝を曲げ、左膝を伸ばした。

「戦場に舞う青い煌き！　ラピス・ラズリーヌ！」

マスクド・ワンダーはそれに合わせて右手を上げ、左手を腕の前で曲げ、足を大きく開いた「勝利のポーズ」をとった。

「我が名はマスクド・ワンダー！　力ある正義の体現者『魔法少女』！」

数秒間見つめ合い、どちらからともなくポーズを崩し、お互いに右手を差し出して笑顔で握手をした。この二人は顔を合わせる度にこれをするつもりなのだろうか。せめて人がたくさん集まっている場所ではやめてほしい。

「いやいや皆さんお集まりいただきありがとうございますぽん」

魔法の端末から声がした。語尾にぽんをつけるという浮かれた喋り方の生き物は、シャドウゲールの知る限り一人……一匹？　一体？　しかいない。魔法の端末を取り出し画面を上に向けると、立体映像が浮かび上がった。白黒二色の球体がふわふわと漂っている。他の魔法少女が持つ端末からも浮かび上がっていた。話す言葉は皆同じだ。

「今日はログアウトの日となっておりますぽん。日没《にちぼつ》と同時に一斉にログアウト。実時間で三日間のメンテナンス期間を挟んで再ログインという手筈ですぽん。以降、同じスケジュールを繰り返してゲームをプレイしてもらうことになりますぽん」

ファルはくるりと横に回転した。金色のリンプンが広がった。

「基本、ログアウトの日には特別イベントが発生しますぽん。イベントはラッキーなものからアンラッキーなものまで色々あって、その中からランダムで一つ、選択されますぽん。

今回は……ほうほう、これはこれは。かなりラッキーなイベントを引きましたぽん。草原の街に、街の名前を教えてくれる親切なメッセージがあるんだけど、みんなはそのメッセージ知ってるぽん？　今からそのメッセージがある所に行ってほしいぽん。一番早く到着した人にはファルからスペシャルなレアアイテムのプレゼ」

ファルが最後まで喋り切るのを待たず、プフレが土埃を巻き上げてロケットスタートを切った。一瞬の後、雪崩《なだれ》を打って他の魔法少女が後を追う。シャドウゲールは残った数人とともに彼女達を見送った。

ただでさえ速度で勝るプフレがフライングまでしたために、誰一人追いつける者はなく、推定千馬身以上開いた圧倒的な勝利に終わった。

イベント終了後、誰もフライングについて咎める者がいなくて内心ほっとしたが、それは次に似たイベントがあった時には複数フライングする者が出るということではないかとも思い、護は暗澹《あんたん》とした。悪い前例を作るのは、いつだってプフレのようなタイプだ。

優勝者に与えられたレアアイテムとは、一枚のコインだった。表には、いかにも魔法のステッキといった杖《つえ》を掲《かか》げ持つ少女が、裏面には星マークが彫金《ちょうきん》されている。黄金色に輝き、五百円玉くらいのサイズでずっしり重い。純金ではなかろうかとためつすがめつ眺めてみたが、シャドウゲールに鑑定の才能はない。時代劇のように噛んでみる気もない。

たぶん噛んでもわかりはしない。

「ミラクルコインぽん。それを持っていると、敵のアイテムドロップ率が少し上がるぽん」

「アイテムドロップ率？　それはキャンディーの数が増えるということか？」

「いえいえ。一部の敵はキャンディー以外にもアイテムを落とすことがありますぽん。とんでもなーく低い確率でとんでもなーくレアなアイテムを落とす敵もいますぽん。そういうレアアイテムを狙う時、このコインは役に立ってくれるはずぽん。具体的な数字をあげると、ドロップ率が五倍に跳ね上がるぽん」

　プフレは、自分の魔法の端末から、マスクド・ワンダーの端末にアイテムを譲渡した。これでマスクド・ワンダーの魔法の端末のアイテム欄に「ミラクルコイン」が入った。コインに限ったことではなく、地図も薬草も通行証も、そのままでは使用できない。まずは魔法の端末に入れて使うというのが、このゲームにおけるアイテムのスタンダードらしい。アイテム欄を操作すれば、一度入れたアイテムを出すこともできる。

「コインはマスクド・ワンダーに使ってもらう、ということでいいね？」

　ダメだといっても聞かないくせに、と思いつつ、シャドウゲールに否があるはずもない。この中で敵にとどめを刺す機会が最も多いのはマスクド・ワンダーだ。

「せっかくのレアアイテム、けして無駄にはしないわ。期待してくれていいわよ」

「勝利のポーズ」を決めたマスクド・ワンダーの胸が揺れた。

マスターサイド　その二

「どういうことぽん？　それってファルの聞き間違いだったりするぽん？」

部屋の中には無数のモニターが並び、「魔法少女育成計画」内の各所が、荒野エリア、草原エリア、街中、それに未開拓のエリアが固定カメラで撮影されているかのように整然と並んでいた。壁に埋めこまれたもの、床に据え置かれたもの等、前後左右はいうに及ばず、天井や床にもモニターが並び、部屋の中を照らし出している。

「聞き間違いでもなんでもないよー」

少女はルービックキューブを合わせていた。通常の手慰《てなぐさ》みとは違い、人差し指の上にキューブの角を載《の》せ、絶妙なバランスで指の上に立てている。少女に見つめられたルービックキューブは一定の間隔で動き続け、自律行動によって絵柄を揃えていく。

机の上には眼鏡が置かれ、その横では魔法の端末がモニターに立てかけられいた。そこから立体映像のファルが斜めに浮かび上がっている。立体映像の光に照らされる舞い立つ埃が、部屋の衛生状態を如実《にょじつ》に物語っていた。

立体映像が大きく乱れた。歪《ゆが》み、曲がり、どうにか戻ってからもノイズが混じっている。

「話が違うぽん。死人は出さないはずぽん。現実にダメージはフィードバックしないって」

「ゲームのコンセプトはなに一つ変わってないもん」

「そんなゲームだって知ってれば誰も参加してないぽん」

「強制参加だよーん。プレイヤーの意志は介在しなーい。あたしがさせなーい」

「『魔法の国』が黙っているわけがないぽん！」

ファルが吠《ほ》えた。合成音声のトーンが変化し、大人の男のように低くなっている。少女は全く動じることなくルービックキューブから目を離さない。

「報告しなーい。プレイヤーに報告する権利も与えなーい。マスコットキャラクターのあんたには、マスターに逆らう機能がついてないから報告できなーい。ないなーい」

「なにを考えてるぽん？　ふざけてるぽん？　冗談なら他所でやれぽん」

「あたしはふざけてないってば。ふざけてるのは『子供達』を放置する『魔法の国』さね」

「マスターの懸念はファルだって認めるぽん。『子供達』は危険かもしれない。それなのに『魔法の国』は耳を閉ざして聞こうとしない。だったら自分で確かめるしかない。それはわかるぽん。理解できるぽん。だからこそこうして」

「『子供達』は証明してみせればいいだけだよ。自分が正しい魔法少女だって」

ルービックキューブのカシャカシャと動く音が少女の言葉を継いだ。

第二章　探偵と殺人事件

☆ディティック・ベル

ディティック・ベルは探偵である。

鳥打帽にケープ、小道具としてパイプや虫眼鏡も備え、さながらホームズ擬《ぎ》少女化ともいうべき風体《ふうてい》ではあるが、探偵をモチーフにしたコスチュームの魔法少女であるというだけではない。なにをもって探偵であるかというと、ディティック・ベルに変身する前の姿である氷岡忍《ひおかしのぶ》の職業が探偵である。

当時幼稚園の年中だった忍には四歳年上の兄がいた。兄にくっついて回る子供で、鬱陶《うっとう》しがられながらも懸命に後を追いかけた。町内の子ども会のバス遠足にもおまけとしてついていった。子ども会は、基本、小学生のための集まりだったが、お兄ちゃんだけずるい酷いと泣いて喚いてごねて叫んで、そのバイタリティーに耐え切れなかった父親が町内会長にかけ合ってくれたのだ。

バス遠足では隣市の牧場へ行った。季節は春、天気はピーカン、気温は初夏、子供が遊ぶにはこれ以上ないコンディションで、牛を見て騒ぎ、馬を見てはしゃぎ、羊や兎に餌をやり、乳搾《ちちしぼ》りまで体験し、帰りのバスに乗りこんだ。そこで運命的な出会いをした。

疲れきった子供達が寝息を立てる中、忍はバス内のテレビで再生されているテレビアニメを視聴していた。あまりにもバス遠足が楽しみで、前日、晩御飯を食べて即眠り、出発直前までぐっすり寝ていた忍は、牧場で散々騒いでもまだまだエネルギーが残っていた。

画面の中では、小学生探偵が密室殺人の謎を解き明かしていた。彼が話す言葉は当時の忍にとって専門用語の羅列《られつ》に等しく、なにをいっているかさえよくわからなかったが、自分と大して変わらない子供が、大人である犯人の悪巧《わるだく》みを打ち砕き、周囲の大人、刑事や先輩探偵から賞賛され、時には尊敬される。彼の武器は、秘密のアイテムや頼もしい仲間、そしてなにより明晰《めいせき》な頭脳だ。

殺人というフレーズは幼稚園児にとって世界征服や人類滅亡よりも衝撃的で、そんな犯罪を打ち砕く彼はまさにヒーローだった。忍は寝息が木霊《こだま》するバスの中で、一人拳を握り締めて彼の活躍に一喜一憂《いっきいちゆう》した。

忍はその少年探偵の大ファンになり、兄に頼んで兄の友達から原作の漫画を借りてきてもらい、全て読んだ。幸いにも振り仮名が振られていて、言葉の意味はともかく字を読むことはできた。アリバイ、トリック、密室、蠱惑的《こわくてき》な数々のフレーズが忍を魅了《みりょう》した。

もう兄の後をついて回ることもなくなった。兄は清々《せいせい》したといっていたが、どこか寂しそうにも見えた……というのは忍の僻目《ひがめ》だったかもしれない。

父親に頼みこんでDVDを借りてきてもらい、アニメや映画版も全てチェックし、興味はミステリー全般に移り、果ては父親の本棚にまで手を出した。カラーボックスを日曜大工で改造した本棚は推理物で埋め尽くされていたが、見つかると「それは大人が読むものだ」と取り上げられるので隠れて読んだ。今度は振り仮名もないので独学で読み進めるしかない。わからない単語はわからないなりに理解し、他の子供達がアニメや特撮に夢中になっている頃、忍は一人隠れてミステリー小説を読んでいた。

ミステリーの中でもなにより好んだのが名探偵の出てくる小説だ。忍の原体験であるアニメでは、探偵が、絶対者、超越者のように八面六臂《はちめんろっぴ》で活躍していた。

小学生、中学生と探偵小説に明け暮れ、高校ではミステリー同好会部長を務めた。ある者は卓抜した頭脳と知識で密室トリックを破り、殺人犯に指を突きつける。またある者は寄る辺《べ》ない少女を救うため、無報酬で強大な組織と戦いを繰り広げる。タフでクールな探偵たちの活躍に胸を躍《おど》らせた。

高校の文化祭では同好会で舞台「八墓村」を企画し、体育館を血糊《ちのり》で汚して体育主任の先生から滅茶苦茶に叱られたが、それだけの派手な演出が奏功《そうこう》し、客席は大いに盛り上がった。スポットライトの中で謎を解き明かす、忍演じる主人公、金田一耕助《きんだいちこうすけ》に与えられる惜しみない拍手の嵐！　思い出しただけでも快感が身体を突き抜ける。

これが探偵なんだ。いや、本物の探偵ならきっともっとすごい。本来なら女優に憧れるべきだったのかもしれないが、忍は探偵への憧憬《しょうけい》を確固たるものとした。

親の反対を振り切り、短大を卒業したばかりの忍が探偵事務所の門戸《もんこ》を叩いたのが今から三年前のことだ。その後ほどなくして魔法少女選抜試験のメールを偶然にも受信、試験を潜り抜けて魔法少女になった。魔法少女であるということは、きっと探偵活動に役に立つと考えた。忍にとってはまず探偵ありきだ。

初めて魔法少女に変身した時のことは今でも忘れない。

美しい少女だった。忍は美しさや可愛らしさに憧れるタイプではなかったが、それでも大きく心を動かされた。鏡を見るだけで動悸《どうき》が激しくなり、それを誤魔化《ごまか》そうと二度三度屈伸《くっしん》をした。少し動くだけでフルーツのように甘く心地よい香りが漂う。

メールは冗談でも悪戯でもなかった。幻覚でも夢でもないことはつねった頬の痛みが教えてくれた。現代科学では不可能であることなど見ればわかる。本当の、本物の、リアルの、正真正銘《しょうしんしょうめい》の魔法少女だ。

ディティック・ベルのコスチュームは、魔法少女の中では比較的大人しめで、街中で人間に紛《まぎ》れて活動することを可能としている。身体能力は人間どころか生物のそれを遥かに凌駕《りょうが》し、優れた耐久力は数日間不眠不休での活動を可能にした。夜目がきき、昼と同じく闇を見通すこともできる。全て探偵に向いている。

また、魔法少女一人につき一つあるという「魔法」も探偵向きだった。ディティック・ベルの魔法があれば、密室だろうと不可能犯罪だろうと無に還《かえ》る。犯人を外しようがない。

しかし残念なことに、現実の探偵活動には密室も怪盗もなかった。忍が探偵を志し三年。魔法少女としての力を活用し、尾行でも張りこみでも常に結果を残し、顧客の覚えもめでたく、資本を提供するから独立してみないかといってくれる人もいる。それとともに探偵の現実を知った。

浮気調査や家出人探しならまだいい方で、新入りは書類整理や電話番、掃除とお茶汲みばかりを命じられ、雑用以外ではペットの世話や大掃除の手伝い、引越しの荷運びで倒れるまでこき使われる。所長は好々爺《こうこうや》然とした風貌《ふうぼう》で「これは君のためになる」「一流探偵の第一歩だ」などと雑用を命じ、容姿も相まって下手な説得力があるだけに性質《たち》が悪い。

だが忍の本質は変わらない。探偵の現実は知ったが探偵の夢を捨ててはいない。どこまでも探偵であろうとするし、探偵であろうとする自分が好きだ。

魔法少女「マジカルデイジー」がゲームから脱落した。

モンスターに彼女の必殺技「デイジービーム」を見舞ったところ、スケルトンパワードの特性「長射程武器を反射する」によってビームが反射し、一撃で落命した。

パーティーメンバーへの聞きこみ、現場での状況確認、死体の検分から間違いのない事実だと思われる。謀殺《ぼうさつ》の余地はなく、全ての証拠が事故であると示していた。

事故であるということは問題ない。問題は他にある。

ゲームからログアウトしてすぐ、忍は休暇を請求した。所長は「この忙しい最中に三連休もやれるか」と電話越しに怒鳴っていたが、いい加減な相槌《あいづち》を打ってガラケーの電源を落とした。申し訳ないが、忍が最優先でやるべきは通常業務ではない。

まずは魔法の端末からネットで検索した。「魔法の国」にも聞きたいことがいくつかあったが、どうしたわけか「魔法の国」宛てのメールが全て戻ってきてしまう。何度やっても同じことの繰り返しで、こちらは諦め、検索を優先する。

マジカルデイジーの後にスペースを入れ、いくつかの検索ワードを入れ替え、実行した。アニメ「マジカルデイジー」の背景がどこそこの駅前に似ている、といった情報が掲載《けいさい》されたサイトが引っかかる。夢ノ島ジェノサイ子から得た情報を裏付けることができた。

検索内容を総合すると、アニメの舞台がどこをモデルにした、といったことがわかるようになっている。オタクの間では聖地などと呼ばれてもてはやされることがあるらしい。もっともマジカルデイジーは放映終了後久しく、日曜朝八時台の子供向けで人気もそこそこということもあり、そこまで聖地聖地と騒がれているわけではなさそうだった。

魔法の端末を一旦《いったん》しまい、魔法少女に変身した。なるだけ目立たないよう帽子を目深《まぶか》に被り、財布等の必要なものを仕事鞄に収めてマンションを出た。

　新幹線で東北方面に向かい、途中鈍行、そこから私鉄に乗り換え、三駅乗り継ぎ、無人駅の料金受付に切符を落としてB県B町に降り立った。左見右見《とみこうみ》で誰も見ていないことを確かめてから駅舎の壁に軽く口づけをした。ひび割れて煤《すす》けた壁面に戯画化された人間の顔が広がっていく。顔の作りは現実の人間よりアニメや漫画寄りで、その顔つきはうらぶれた中年男のようだ。魔法の対象となった物によって絵柄が変わる。この古びた無人駅であれば、なるほどこんな顔になるだろう。

　大きさにして一メートルほどもあるカートゥーンフェイスがぎょろりと目を動かしてディティック・ベルを見た。

「なにか用?」

　声がこもっている。この辺は対象物によって個性があった。

「マジカルデイジーって知ってる?」

「いや、知らない」

「この子なんだけど」

　魔法の端末に表示されたマジカルデイジーの画像を見せる。

「おお、その子なら知ってるよ。この駅の中で人助けしたことがある」

「オッケー。ありがとう」

もう一度、今度は顔の鼻先に口づけをすると、顔は壁の中に溶けて消えた。

これがディティック・ベルの「建物と会話することができる」魔法である。発動にも解除にもいちいちキスをしなければならない、誰かの持ち物は主にとって不利益になることを話してくれない、等の制限があるものの、探偵活動には恐ろしく重宝《ちょうほう》する。

ちなみに、ゲームの中で廃ビルの壁に使ってみた時は「私はマスターの持ち物なのでマスターの意に沿《そ》わぬ会話はできません。クリアのヒントは通常の方法でお探しください」とつれなかった。他のあらゆる建物に話しかけても口調こそ違えど内容に大差はなく、魔法の力で簡単にヒントを探せると思っていたディティック・ベルはがっかりした。

駅を出てすぐの所にあるコンビニで地方新聞を購入する。田舎のコンビニは土地が広く、駐車場も大きい。駐車場の車止めに腰掛けて新聞を開いた。

のっこちゃんから得た情報によれば、マジカルデイジーは放映当時中学生だったという。年齢は逆算できる。中学生という身分から、家から遠く離れた場所で魔法少女活動に従事するはずはない。近隣の市町村で活動していたはずだ。引っ越してさえいなければ実家は近くにある。

魔法少女である以上、どこかで変身を解除しなければならない。人目を気にしていても、建物の目まで気にする人間はいない。マジカルデイジーが変身を解除したところに出くわした建物がきっとどこかにいるはずだ。変身した少女が歩いた道のりを、建物から建物に聞いて辿る。どこかで彼女の住居に行き当たる。

該当者がいないなら実家が引っ越している可能性を追う。マジカルデイジーの家が引っ越していれば、それを見ている建物は必ずいるはずだ。建物の記憶は薄れない。

マジカルデイジーの生死を確かめることが、この探索行の目的だ。ディティック・ベルとしても生きていることを願っている。ファルはゲーム内のダメージが現実にフィードバックすることはないといっていた。それを信じたからこそゲームに参加した。これはあくまでも念のためだ。どこかで間違いが起きていないか確認するというだけの話だ。嫌な予感とかそういう根拠のないものに突き動かされているだけに過ぎない。自覚できているはずだ。

ディティック・ベルは新聞を折り畳み、鞄の中に放りこんだ。期限は三日だ。

☆ペチカ

前回と同じく、着替えてから二宮君にお弁当を渡してきた。ペチカが前へ出ても誰からも文句は出ず、「またあの子だよ」「あの子誰？」と周囲のヒソヒソ声が漏れ聞こえてくるだけだった。一回目はそれが誇らしく、嬉しく、楽しく、でも胸の奥が切なくて、ベッドに転がって悶えていた。二回目の今はそれほど嬉しくも楽しくも切なくもない。秋の日は釣瓶《つるべ》落とし。すでに辺りは夕闇が迫ってきて、児童公園に子供の姿はない。俯いてブランコに腰掛けるペチカ一人だけだ。

ゲームのことを考えると憂鬱になる。ファルが説明した通り、ログアウトの宣言を聞き、はっと気づいた時にはベッドの上で、時計を見ても分針一周さえ進んでいなかった。しかし、だからといってそれでいいという理由にはならない。

断ればよかったのに、断り切れなかった。すでに脱落した魔法少女もいるらしく、パーティーのメンバーが悄然《しょうぜん》としていたのを思い出す。ゲーム内でのダメージは現実に返ってこない、とはいっていたけど、でもやっぱり嫌だ。あのゲームには探索なんかもあるけど、最終的には戦うことがメインになっていて、それはペチカに向いていない。

ため息をつく。

今からでも断れないものかと思うけど、それをいうのも怖い。他の魔法少女はなにもせずに脱落するペチカにきっとがっかりするだろう。口汚く罵《ののし》られるかもしれないし、ひょっとしたら殴ったり蹴られたりくらいはするかもしれない。ダメージが現実に返ってこないとはいえ、痛いものは痛い。ゲーム内で頬をつねれば現実で頬をつねったのと同じくらいの痛みがある。死ぬような痛みは、きっと死ぬほど痛い。想像するだけでげっそりとする。他の魔法少女達は想像力がないのだろうか。

敵を倒してどうこうというゲームのコンセプトは魔法少女に相応しいとも思えない。魔法少女は人助けをするのが仕事だ。人助けの延長線上に暴力があるかもしれない。でもそれは人助けのために与えられた魔法少女の身体能力や魔法によるものだ。困っている人を助けるための致し方ない暴力はギリギリあっても、敵を倒してキャンディーを手に入れてというのは魔法少女の本道ではない。

でも、きっと、ペチカがこんなことを声高《こわだか》に叫んでも、弱虫の現実逃避だと思われる。誰もペチカの言い分に耳を傾けてくれることはない。また、ため息が出た。

せめて報酬のことを考えるべきだろうか。クリア特典は百億円。ジャンボ宝くじに何十回も当選して手に入る金額。パーティーメンバーの誰か一人が魔王を倒せば皆で均等に分割する、という約定《やくじょう》を結んである。つまり戦いに参加する気がないペチカにもチャンスはある……が、ペチカにとっては全く現実的な数字ではない。

どちらかといえば参加賞の十万円の方が嬉しいかもしれない。出かける前に記帳したらしっかり入金されていた。使い道はそれなりに考えられる。食べ物に関しては自前で供給できるから、服。あとは指輪やネックレス、ピアス……はちょっと怖いからイヤリング等の小物。靴、バッグ。芸能人が持つような有名ブランドの高級品や、ファッションショーで使用された一品物。十万円で足りなければお年玉を貯めておいた貯金を崩して足してもいい。智香には似合わなくても、ペチカなら華やかな装飾が似合うだろう。

現実逃避に近い考え事に没頭し、気づけばすでに日は落ち、ペチカの影は、公園内の常夜灯によって長く尖った形に変形している。たったったったと走ってくる音が聞こえ、ふっと目をやるとペチカの影の先に野球のスパイクを履いた足があった。その足は野球のユニフォームを着ている。

顔を上げると息が止まりそうになった。二宮君がそこにいた。野球部の部員が使っている黒いバッグを肩から下げている。ユニフォームの上からでもわかる逞《たくま》しい上半身が激しく上下していた。走っていたからだろう。額には汗が浮いている。ペチカを見ていた。

「あの……」

声をかけながら近づいてくる。ペチカはブランコのチェーンを握った手に力を込めた。ブランコのチェーンは厚手のビニールで覆われているが、金属の冷たさはビニール越しにも伝わってくる。自分の体温が上がっていると自覚する。

「弁当持ってきてくれた人、ですよね？」

バネ仕掛けのように立ち上がって何度も頷いた。顔の筋肉が強張《こわば》っている。ブランコのチェーンから離れた手が手持ち無沙汰《ぶさた》でワンピースのスカート部分を握り締めた。

「あの、本当図々しいお願いなんですけど」

二宮君が目の前にいる。手を伸ばせば触る距離、息遣《いきづか》いまで感じてしまいそうな距離、走ってきたばかりの汗の匂いが鼻に届く至近距離にいる。絶対に手の届かないスターで憧れるだけの存在、学校では声もかけられず、遠くにいるのを見るだけだった二宮君がすぐそこにいる。

発汗。体温の上昇。動悸。眩暈《めまい》。恋愛感情とは病《やまい》と同じだといったのは誰だったか。

二宮君は頭の後ろに手をやり、申し訳なさそうに、遠慮がちに、話している。

「あの弁当、また作ってきてもらっていいですか?」

ペチカはまた何度も頷いた。短くまとめた髪が上下に揺れた。

「あれ本当すっげー美味くて。もう本当マジ最高で。あれ毎日食べられたらなんでもいうこと聞いちゃうってくらいのバカウマで」

ペチカの魔法で作られた料理は、まるで魔法のように美味しい。二宮君は身振り手振りを交え、あの弁当がどれだけ美味しかったかを力説した。

「いや本当これがいいたくて、君が誰かってチームの誰も知らないから、この辺走って探して回って。で、もう一つだけお願いしたいんですけど」

二宮君は、ぱんっと手を合わせてペチカに頭を下げた。

ペチカは二宮君の後頭部を見下ろしている形になった。野球部にはお約束の決まり事で、部員は五分刈《ごぶが》りを強制される。二宮君の後頭部は形がよく、坊主頭にある滑稽《こっけい》さよりも清潔感が先に来る。触ったらきっとしゃりしゃりっと気持ちがいい。ペチカの右手が動いた。

「チームのやつらがうめーうめーって手ぇ出してくるから、あの弁当全部食べたことないんですよ」

　二宮君は深々と頭を下げ、ちらっと顔を上げてペチカを見た。目が合った。慌てて右手を引っこめたが、動悸はさらに加速し、口で呼吸が必要なほど息が荒くなる。二宮君がペチカを見ている。ペチカが二宮君を見るのはいい、二宮君がペチカを見て、ペチカが二宮君を見て、それで目が合っているのだ。

「全部どころか、もう残りかすみたいな状態にされて、それでもあの弁当死ぬほど美味くて。で、ホント卑《いや》しいやつだって思うかもしんないですけど、あの弁当、誰も見てないところで俺に渡してもらうってわけにいかないですか？　いやホントチームのやつら止めても聞かなくて、弁当ほとんど持ってちゃうんですって。マジで」

　今にも昏倒してしまいそうな眩暈を感じながら、ペチカは頷いた。

「わかりました」

　緊張のあまり、若干棒読みになってしまった。

「本当すか！　マジ！　やった！　ありがとうございます！」

　二宮君は「ありがとうありがとう」と連呼しながらペチカの手を取って上下に振った。ペチカは真っ白になってそれを見ていた。弁当の受け渡しをこの公園ですることになったが、それも真っ白になって頷いた。

　二宮君は鼻歌混じりで走り去り、ペチカは見送った。

立っていられなくなり、ブランコの上に再び腰掛け、冷たく濡れた尻の感触で、自分がどれだけ汗をかいていたかがわかった。

心臓のリズムは徐々に落ち着いていき、燃え上がる熱情は静まっていく。平静を取り戻しつつ、それでも芯では熾火《おきび》が燻《くすぶ》っていた。

おまけとしか思っていなかったペチカの魔法が役に立った。二宮君を喜ばせ、彼に料理を賛美させた。毎日食べられればなんでもいうことを聞くとさえいってくれた。

そうだ。料理だ。ペチカの前に道がひらけた。

☆シャドウゲール

数年前まで、人小路《ひとこうじ》家を切り盛りしていたのは、庚江《かのえ》の祖父だった。

持病から足と目を悪くし、専ら車椅子を使って移動をしていたが、身体と頭は矍鑠《かくしゃく》たるどころではなく、ありとあらゆる経営、人事、投資、契約、談合、その他に対して細《こま》やかかつ的確な指示を出し、さらには八十を超えて隠し子ができたなどという噂まであった。

護にまで聞こえるような噂だったので案外真実だったのかもしれない。卒中《そっちゅう》で倒れるまで精力的に働き続け、彼が亡くなった後も人小路がビクともしないのは、その尽力《じんりょく》があったおかげという人もいる。

人を人とも思わない傲岸不遜《ごうがんふそん》な庚江だったが、彼女の祖父には懐《なつ》いていた。それは彼女の口調が年を経るごとに祖父に似てきたことからもわかる。周囲の大人、彼女の両親や兄は面白がって放置しているが、女子高生の喋り方としては実におっさん臭い。

さらに魔法少女になってからのコスチュームからも窺《うかが》い知ることができた。車椅子という時点で影響があったに決まっていたが、ゴールドを貴重とした豪奢《ごうしゃ》な作り、それに施《ほどこ》された精緻《せいち》な細工は玉座《ぎょくざ》を連想させ、一族の頂点に君臨していた老王を思わせる。眼帯で隠された片目は眼疾《がんしつ》を象徴しているようで、泥よけにあつらえられた木彫りの小鳥は、彼女の祖父が足を悪くするまで愛用していたステッキの飾りにそっくりだった。

庚江は生き方も祖父に似てきている、と護《まもり》は思う。迷いがなく、思案をしない。いや、思案はしているのかもしれないが、それを他人に見せたりしない。それは常に即断即決で正解を選ぶように見え、彼女の賛美者はより一層声を大きくするのだった。

そんな庚江が、護以外に誰もいない昼休みの理科準備室とはいえ、ぼうっと窓の外を眺めている。なにかを思案しているようにしか見えない。普段は教室で級友と雑談をしたり、図書室で持ちこみの本を速読したりといったことをしながら、実は考え事をしていたりする。あからさまに思い悩んだりはしない。

昨日の今日でこれということは、まずゲームのことを考えているに違いなかった。

庚江がゲームのことで思い悩むほど身を入れるということは、護は前回以上に巻きこまれるということとイコールである。想像するだけで体重が減りそうだ。

「苦労は買ってでもしろという君のための有難《ありがた》い言葉がある」

「……読心術のスキルでもお持ちですか？」

「どれくらい長い付き合いだと思っているんだ。それくらいわかるさ」

底の浅い人間だといわれたようで少し白けた。窓の外では元気な生徒がジャージでサッカーボールを追いかけている。お嬢様学校とはいえ、お嬢様にも色々いるのだ。

秋とはいえ炎天下でよくやる。自分まで暑くなった気がして、護はスカーフを緩《ゆる》めた。

「ゲームのことなんだが」

やっぱりゲームだった。

「君はああいうの好きじゃないだろう。敵と戦ってお金を貯めてアイテムを買ってとか。護の魔法ならそんなにまどろっこしいことをしなくていいからな。所謂チートってやつを使えばいいし、そんなことが頭の隅にでもあれば面白いわけがない」

「お嬢がやりたいなら私がやらないわけにいかないじゃないですか」

あんたのせいでこっちは巻きこまれてるんだよという渾身《こんしん》のアイロニーだったが、庚江がそれを気にした様子はない。窓の外で走り回る生徒に目をくれたまま、椅子の上で膝を立てた。スカートがスライドして太股《ふともも》が露出した。

「はしたないですよ」

「魔法少女には二種類いる」

「戦う魔法少女と戦わない魔法少女でしたっけ」

「あのゲームは戦う魔法少女のためのゲームだ。だからといって全参加者が戦う魔法少女に該当するわけではない。私や君はもちろん、それ以外にも戦わない魔法少女はいた。なぜ彼女達はゲームに参加したんだろう」

「報酬につられたんじゃないですか」

「報酬といえば前回エリア開放をしただろう。あの報酬がＦＸで使用していた口座の一つに入金されていたよ。どうやって調べたのか知らないが、いかにも匿名《とくめい》という名前で、ぽん、とね。エリア二つで合計二百万円なり」

「二百万！　マジですか！」

「参加報酬とまとめて入金されていたよ。自分の通帳を確かめてみるといい。それとね、もう少し物質的な喜び以外も覚えなさい」

　こいつを殴ってやれたら気持ちがいいだろうなと思うことは一月《ひとつき》に五回くらいある。

「ファルに質問したのだが、テストプレイヤーとして選ばれた魔法少女の中で断った者は一人もいなかったそうだ」

「一人も？」

それは意外だった。あれだけ強引なやり方で巻きこまれれば、反発を覚える者が一人や二人はいそうなものだ。魔法少女になるような人間は、皆、我《が》が強い。

「不思議だね。あれだけ人数がいて、あれだけ強引なやり方で参加を強制されたのに、誰一人断らなかった。我の強い者もいただろう。戦いより花を愛《め》でる方がという者だっていただろう。なぜ誰も断らなかったのか」

「お嬢も断らなかったじゃないですか」

「私は年頃の少女だからね。自分が変わり者だと自覚しているのだよ」

「ええ、それは間違いなく」

「嗅覚《きゅうかく》、触覚、視覚、味覚、聴覚、全てが現実と変わらなかった。つまりそれは殴られれば痛いということでもある。いくら現実にダメージがないと説明されても、戦わない魔法少女が二の足を踏むには充分な理由になる。ならばなぜ彼女はゲーム参加に応じたのか」

庚江は片膝を高くし、スカートはさらにずり落ちた。女子高とはいえ、こういうことを無防備にやるのも妙なファンがつく一因となっている。

「不穏だね」

「そうですか」

気のない言葉を吐き、そっぽを向いた。髑髏《どくろ》と目が合いぎょっとしたが、骨格標本はゲーム内のそれと違って襲いかかってきたりはしない。不穏な方がお嬢は楽しいでしょう、と心の中で付け加えた。

「私の魔法の端末が少しおかしいんだ。『魔法の国』に連絡できない」

「魔法の端末は私の魔法じゃ直せませんよ」

魔法の端末には情報を守るためガードがかけられている。庚江に命じられて魔法の端末にシャドウゲールの魔法を試みた時には、そのせいで一台ダメにしてしまい、どうにか壊れた理由をでっち上げて新しい魔法の端末を支給してもらうことができた。命じたのは庚江だが、理由を捏造したのも頼みこんだのも全て護だ。思い出したら腹が立ってきた。

「やはり不穏だね」

椅子の上からストンと足が落ち、スカートの位置が元に戻った。護はほっとした。

グラウンドのサッカーは佳境《かきょう》に入ったようだ。一人がゴールの隅をつく見事なシュートを決め、仲間とハイタッチをしている。その内一人がこちらに気づいて「あっ」と口を開けた。庚江はそれに応えて薄く笑み、手を振った。生徒達の黄色い声がグラウンドから聞こえ、護は眉をひそめた。

三日後、前回と同じ形でゲームの世界に戻ってきた。茶褐色のビルもどきと荒れ野を見、土臭さが鼻腔《びこう》をついて、同じ場所に戻ってきたのだと実感した。

地図を開き、パーティーメンバーの位置を確認し、まずは庚江と合流した。

「随分と待たせてくれるじゃあないか。次からはもう少し早くエスコートにきたまえ」

「はいはい。次は全力で走って駆けつけますよ」

マスクド・ワンダーは少し離れた場所にとどまっているようだ。あれもまたよくよくの変人ではあるが、それでもプフレに比べれば、裏表がない分付き合いやすいかもしれない。そのマスクド・ワンダーを示すアイコンは動かないでじっとしている。次回、ゲームが開始したらすぐに合流しようと約束していたはずだが、プフレとシャドウゲールが来るのを待っているようだ。シャドウゲールに対して遅れやがってと咎めたプフレは、マスクド・ワンダーが動かないことについてはなにもいわない。

人小路家の人々を十数年間眺め続けてきた護は知っている。資本家は優秀な人を甘やかす。報酬面精神面待遇面その他で優遇し、その分、割を食うのが大して優秀ではない人だ。シャドウゲールはプフレの車椅子をえっちらおっちらと押して歩き、マスクド・ワンダーが待つビルの前までたどり着いた。背を伸ばすと、背中が少し冷たい。汗ばんでいる。

一人で例の「勝利のポーズ」の準備でもしているのだろうか。うんざりしながらビルの扉を開くと、そこにマスクド・ワンダーが倒れていた。両腕を前に向け、なにかを掴もうとしているようにも見える。うつ伏せになって地面に顔を向け、紫のマントを赤黒い液体で汚していた。赤黒い液体はマントを汚すだけではなく、フロア全体に広がっていた。赤黒い液体の発生源であろう彼女の後頭部は、一抱えもある石が落とされて無残に潰されている。

プフレは車椅子で血溜まりに踏み入ってマスクド・ワンダーに近づき、身をかがめて落ちていた魔法の端末を手に取り、電源を入れた。

「ふむ……まいったね。アイテムとキャンディーが全て抜かれている」

プフレは「テストでヤマを外してしまった」程度の調子で話している。シャドウゲールは呆然と聞き入っていたが、思い出したように吐き気がこみ上げてきた。

☆ペチカ

鍋《なべ》が手に入った。

ショップは街によって品揃えに違いがあり、荒野の街には回復薬が、山岳の街には図鑑類が、といったふうにバリエーションがあった。武器防具については、先の街にいくにつれてより強い品が置いてあった。荒野の街ではただの「武器」「シールド」で、草原の街では「武器＋1」「シールド＋1」、山岳の街ではそれが「＋2」と名前が変化し、インストール後に呼び出すと、より洗練された形になり、頑丈さも増している。魔法少女によって武器は変化し、ペチカの魔法の端末に入れるとフライ返しに、リオネッタの魔法の端末に入れると鉤爪になった。名前は「武器＋X」と味気ないが、互換性は高い。

共通していたアイテムは、ランダムにアイテムを入手できる「R」と通行証だけだ。「R」は、ゲーム開始直後のみ、もてはやされていた。最初に手に入ったアイテム「地図」は便利至極で、これクラスのアイテムがランダムで手に入るのなら100キャンディーも惜しくはない、そう思われていた。だが、ゲーム内とはいえ、現実はそこまで甘くなかった。

二回目に「R」を購入し、手に入ったアイテムは地図。三回目も地図。四回目も地図。二回目までは苦笑いだったが、三回目で笑いは消え、四回目で怒りとともに疑問が生じた。この「R」はどうなっているのか。地図しか出ないのか。

「『R』は景品アイテムごとに希少性が異なっていて、出る確率も違うぽん」

ヘルプボタンで呼び出されたファルはぶつけられた怒りにも怯むことなく淡々と答えた。

「地図しか出ないのですけど？」

リオネッタは声を震わせ、唇の端を引きつらせていたが、それでもファルは変わらず

「地図は非常に出現率の高いアイテムとなっておりますぽん。四回や五回連続で出てくることはざらですぽん。でもそこで挫けたりせず、もっともっと『R』を回して、スーパーレアアイテムを手に入れてくださいぽん」

リオネッタは経験を感じさせる美しいフォームで振りかぶってショップの壁に地図を投げつけ、表示メッセージには

「地図の買取価格は3キャンディーになります」

と浮かび上がった。

以来、「R」の購入はリーダー命令により厳禁されてきたが、山岳地帯で出現する小鬼はキャンディーをよく落とし、ショップで手に入るアイテムは基本的に安かったため、キャンディーの数ばかりが増えていた。

「R」を引きたい、「R」を引きたいと御世方那子《みよかたのなこ》がねだり、クランテイルもようよう許可した。クランテイルは突撃用の長槍を右手に、左手には大盾を構え、他三名が欲しがらなかったからとはいえ一人だけ武装面でキャンディーを使用していた。その引け目から那子のお願いを断りきれなかったのかもしれない。

それでもリオネッタは渋ったものの、最終的には頷き、キャンディー１０００個を消費して「R」を十回購入し、地図八枚、スコップ一本、鍋一つを手に入れた。スコップはごく普通のスコップで、長さ一メートルほど。鍋もごく当たり前の寸胴鍋《ずんどう》だ。魔法がかかっていたり、特殊な効果があったりということは全くない。

この時点で既《すで》にリオネッタは怒っていた。こんなものにキャンディーを１０００も使ってバカじゃないだろうかと喚き、罵り、バカ呼ばわりされた御世方那子は反論し、口論と

なり、クランテイルが諌《いさ》めたくらいでは双方聞く耳持たず、戦闘班と探索班に分かれて出発するまで不毛な口喧嘩は続いていた。

御世方那子の機嫌はすぐによくなった。探索に出向く際、敵と遭遇し、ペチカが逃げたり避けたりしている間に御世方那子は敵を殲滅《せんめつ》、その中の一匹の小鬼を調伏して使役獣《しえき》としたのだ。かわいいかわいいと喜び、首にリボンを結んでやっていた。襲われていた時は気持ちの悪い生き物にしか見えなかったが、那子に懐く小鬼は、見た目はそのままでも、まあ可愛いといえなくもなく、微笑ましい光景ともいえなくもないではない。

しかしリオネッタの機嫌はよくなるどころか悪化していた。

夜、戦闘班と合流し、その時クランテイルもリオネッタも黙りこくっていて、クランテイルは蹄を打ちつける音がうるさいほどで、リオネッタは顔を合わせるなり「いったいどういうことですの！」と怒りを露《あらわ》にした。

「なんであの大ネズミに通せんぼされなければなりませんの？」

以前、ここは自分達の狩場だから入るな、と追い立てられたパーティーに、山岳エリアでも同じことをいわれて追い払われたらしい。リオネッタは目につく者全てに腹が立って仕方ないらしく、御世方那子の連れた小鬼を見て目を吊り上げ、自分には絶対に近寄らせるな、臭いがうつると怒鳴りつけ、それによりまた那子とやり合い、クランテイルがやめろというまでぎゃんぎゃんと吠え合った。

さらに、今度はペチカに目をつけた。

「なにをしていますの？」

「あの……鍋を……」

「ただでさえ無駄使いをしてイラついていますのに、そんなもの私の視界内に入れないでほしいですわね。それとスコップを手に入れるためにキャンディーを1000も使ったのを思い出して眠れなくなってしまいますわ」

　ゲーム中では飲食の必要があっても睡眠の必要はない。つまり眠れない云々はいいがかりでしかない。

「だいたいその珍妙な格好はなんですの？　鍋の中に両腕をつっこんで……あら？」

　リオネッタが鼻をひくつかせた。くん、くん、と鳴らして鍋を見る。ペチカは硬い笑顔を浮かべ、恐々とつっかえながら、自分がなにをしているのかを説明した。

「私の魔法……なんですけど、前も説明した通り……お料理を作る魔法で……せっかくお鍋が手に入ったから……ほ、保存食と違って……キャンディーも使いませんし……材料は……なにからでも作れますから……ただ……ですし、たぶん……たぶんですけど、保存食より味もいいかなって……」

「随分なご自信ですわね」

「自信はあんまり……あの、食器がないんで……すいませんが葉っぱでお願いします

「……」

「葉っぱ！　野趣《やしゅ》溢れる素晴らしい食器ですこと」

「文句いう人食べなければいいと思いマース」

　御世方那子が笑うと小鬼もきゃっきゃと飛び跳ねた。リオネッタは心底から忌々しそうに舌打ちし、わざと土埃をたてるようにして手近な岩に腰掛けた。

　ペチカの魔法ならば、その気になればいくらでも凝った料理を作ることができる。だが野外で大きな葉っぱを皿にして凝った料理を出しても、盛りにくいわ食べにくいわでいいところがない。簡単で食べやすく、出来立ての美味しさが実感できる料理を考えた。

「おにぎりぃ？　あれだけの大言壮語《たいげんそうご》でそれですの？」

　リオネッタは一目見るなり馬鹿にした。なんで私がこんなものを、これなら保存食の方がまだマシですわ、などと毒づきながら一口食べ、眉をしかめた。

　クランテイルと那子はリオネッタの様子を不審げに眺めている。リオネッタは二人の視線を無視し、二口食べ、三口食べ、そのまま平らげてしまった。感想を語ることなく二つ目のおにぎりにかぶりつき、ガツガツとむさぼる。

　那子が恐る恐るおにぎりを齧り、「オー……」と小さく驚きを口にし、後はリオネッタと同様にがっつき始め、ご主人様を見ていた小鬼もおにぎりを食い散らかし、クランテイルは一人落ち着いておにぎりを食べていたが、尻尾はぶんぶんと左右に揺れていた。

とりあえず皆喜んでくれているようだ。ペチカはほっと一息ついて、自分のおにぎりを食べ始めた。

昔、同じことをした。よく思い出せないが、確かにこんなことがあった。皆に仲良くなってほしくて、ペチカの魔法で食事を作った。昔もなにも、魔法少女になってからのことなのだから、覚えていないわけがないのに、なぜか思い出せない。

リオネッタも那子もクランテイルも皆、一生懸命おにぎりを頬張っている。さっきまで狩場から追い払われたと怒っていたのに、今は食べることに全力だ。

おまけでしかないと思っていた魔法で、二宮君と接近し、皆に喜んでもらえている。料理も捨てたものじゃないのかな、とペチカは思った。

☆のっこちゃん

眞鍋河《まなべがわ》第三小学校四年二組は「良いクラス」である。

運動会や文化祭等のイベントではクラス一丸になって取り組み、かといってそこで失敗したものを嘲笑《あざわら》ったり糾弾《きゅうだん》したりもせず、良い結果を残せば皆で喜び、芳《かんば》しくない結果に終わっても皆で笑うことができる。

ありがちな男子女子の軋轢、弱い者いじめ、陰湿な陰口、全て存在しない。

担任は、去年まで六年生を担当していた野口《のぐち》先生だ。すぐにかっときて生徒を怒鳴るという癇癖《かんぺき》の持ち主で、四角い湯沸かし器の異名を奉《たてまつ》られていた——この先生は顔が四角い——野口先生は、四年二組の担任になってから人が変わったように明るく楽しい先生となった。今年度になってから児童を怒鳴ったことは一度もない。

どうして四年二組は雰囲気が良いのか？　その理由は野々原紀子《ののはらのりこ》だけが知っている。

誰かが不機嫌になったら楽しい心を強くしてやる。誰かが悲しんでいたら悲しい心を弱くしてやる。怒り、妬《ねた》み、嗜虐心《しぎゃくしん》等々、「良いクラス」に不要な心を抑え、楽しく明るいクラスになるようコントロールする。「自分の感情を周囲に伝播《でんぱ》させる」魔法の使い手、魔法少女「のっこちゃん」だからこそ陰ながらクラスをまとめることができるのだ。

野々原紀子は筋金入りの魔法少女だ。どう筋金入りかというと、生まれてから現在までで魔法少女でいた期間が一般人だった期間を上回る。四歳でのっこちゃんになり、現在十歳にして魔法少女暦六年という大ベテランだ。

魔法少女としてどう生きるかという哲学もあるし、適当な手の抜き方も知っている。

適当な手の抜き方というのは、単にサボタージュしたり怠けたりということではない。

新人魔法少女では知らない抜け道を知っているということだ。

「魔法の国」は融通がきかない。頑固《がんこ》で意固地で決めたことは絶対に譲らない。この世界のお役所と似たり寄ったりかもしれない。紀子がのっこちゃんになった由来についてマジカルデイジーに話したことは全て真実だ。

もっとも、杓子定規《しゃくしじょうぎ》な「魔法の国」も監視体制は比較的緩やかだ。のっこちゃんの属する地域では、以下の実験的なシステムがとられている。何人かの魔法少女を、リーダー的魔法少女が監督し、「魔法の国」との連絡、折衝《せっしょう》役になる。「魔法の国」が直接監視監督しているわけではないので、ルールの徹底はリーダー的魔法少女の裁量に頼るところが大きい。リーダー的魔法少女が、ルーズだったりぼんくらだったり野放図《のほうず》だったり破天荒《はてんこう》だったり遵法《じゅんぽう》意識が低かったりすると、監督される側が不真面目でも報告されない。

のっこちゃんの属する魔法少女グループのリーダーは、おそらくなにをやろうと絶対に報告したりはしない人で、世間に出て人助けするよりは自分の生活環境を良くしよう、というのっこちゃんのやり方を咎めはしなかった。

クラス内の目立たないポジションにつけ、こっそりと魔法を使って問題を解決する。放課後は入院中のお母さんをお見舞いし、重くなりがちな心を軽くしてあげる。家に帰ってからは家事に明け暮れる。

のっこちゃんの魔法は他人の感情を好き勝手に操る魔法ではない。自分の感情を伝播させる魔法だ。相手を楽しい気持ちにしたければ、まず自分が必死になって楽しかったことを思い出して思い出して思い出して、それでようやく魔法が成功する。

おかげで、弱冠《じゃっかん》十歳にして自己欺瞞《ぎまん》の達人になってしまった。お母さんが入院しているので、家事は紀子が担当する。こちらも疲れる。世間様の役に立つため魔法を使っている余裕などない。身の回りだけで手一杯だ。

しかし、それでもなんとかやってこれた。少なくともこれまでは。

半年前、のっこちゃん直属の上司ともいうべきリーダー的魔法少女が永久除名された。除名の理由としては、洒落にならないくらい悪いことをしていて、それが明るみに出たとのこと。夢と希望に溢れるはずの魔法少女が不祥事《ふしょうじ》！　なんて考えたくもない「魔法の国」は大慌てで後任を配置し、その後任リーダーは大張り切りで監督役をやっている。

不祥事で馘首《かくしゅ》された者の後任ということで、性格はバカ真面目で融通《ゆうずう》がきかない。まるで「魔法の国」そのものだ。

のっこちゃんは魔法少女の通常業務である人助けもしなければならなくなってしまった。クソ真面目なリーダーに「あいつは自分のことばかりでまともに魔法少女活動してません」などと報告されては、最悪、資格を奪われることまでありえる。

クラスを良い方向へ導きつつ、街で人助けをしつつ、家事をしつつ、さらに今はゲームもしなければならない。ゲーム自体に興味はないし、後進の育成にかかずらっている暇はないが、参加報酬もクリア特典も魅力的だった。百億などという見たこともない札束を積まれれば、ゲームのために骨を折るくらいはしてみせる。

紀子は今日も通帳を眺める。半年以上入金のなかった通帳に、十万円が振りこまれていた。エリア開放なら、百万円。

ざばり、と、溶岩の中にジェノサイ子のヘルメットが浮かび上がった。続いてバイザーが、首が、手が現れ、その手には小さな鍵を握っている。のっこちゃんの隣で息を詰めていた@娘々《あっとまーくにゃんにゃん》がぶはっと息を吐き出した。

「あったよー！　古文書《こもんじょ》の通り、底の方に祭壇《さいだん》みたいなのがあってさ、そん中に置いてあった！　いやー手探りで祭壇見つけなきゃいけなくて時間かかったのなんの」

「夢ノ島《ゆめのしま》さん、溶けちゃったかと思ったアルよ」

「溶けない溶けない。このスーツはビッグバンにも耐えるいうたやん」

ジェノサイ子は岸に手をかけ、よっと陸に上がった。確かにスーツはどこも溶けていないし焦げてもいない。中身にも怪我はないようだ。ジェノサイ子は、まとわりつく溶岩を払い落とし、バイザーを上げて笑顔を見せた。

「門の鍵、アーンド百万円ゲットだぜ！　これで次のエリアにゴーゴー！」

草原エリアの次のエリア、山岳エリアは、ゲームが再開するなり開放されていた。どこかのパーティーが終了間際に開放していたらしい。

短槍や小剣、小弓に投槍、小盾や革鎧《かわよろい》で武装した小鬼の群れは、単純な強さも統制された戦術も骸骨以上だった。汚れたローブを羽織り、ねじくれた木の杖を持った個体は、ぶつぶつと何事かを唱《とな》えて人頭大の火球を飛ばしてくる。群れには二回り大きな個体も混じっていて、これは腕力だけなら魔法少女に匹敵し、力任せにぶんぶんと棍棒《こんぼう》を振り回す。が、それでも魔法少女の敵ではなかった。主に速さと頑丈《がんじょう》さが違う。小鬼が一回動く間に魔法少女なら十回は動けるし、こちらが小鬼の攻撃を受けても痛いで済むが、小鬼がこちらの攻撃を受ければそれが致命傷《ちめいしょう》になる。ただ、骸骨と違って殴れば血を流すため、生理的嫌悪感は遥かに上回っている。乱杭歯の生えた顎をかち上げ、飛び散る血と白い歯を見て嫌な気持ちになる。モップで頭蓋を砕く感触は、骸骨のそれよりもはるかに生々しく、生命を奪っている感が強い。死体は放置しておけば二時間ほどで消えてくれるが、感触はいつまでも残っている。リアル過ぎるのも考え物だ。

ただでさえマジカルデイジーの死で受けた衝撃が抜けていないというのに、モンスターを倒し、その都度へこんでいてはゲームにならない。のっこちゃんは全力で自分を騙《だま》し、楽しいことと嬉しいことで頭を満たしてジェノサイ子と@娘々を支援した。

マジカルデイジーの死は事故だった。誰に責任があるというものではない。未知の敵にもっと用心していれば、モンスター図鑑を手に入れてから戦っていれば、等の「たられば」をいい始めればきりがないのはわかっている。それでも身体に穴を開け、そこから血を流して死んだマジカルデイジーの無残な姿は忘れられない。生涯忘れることはないだろう。

穴を掘ってマジカルデイジーの死体を埋め、墓標代わりに石を立てたことも、三人で肩を抱き合いながらぐすぐすと涙を流したこともきっと忘れられない。

でも、事故だ。ジェノサイ子は「実際に、現実でマジカルデイジーが死んだわけじゃねーもんな」と自分へいい聞かせるように呟いていた。そう考えてほしいと思う。そう考えるべきだと思う。のっこちゃんはそれを手助けすることができる。

いつまでも悲しんでいてはならない。欺瞞でいい、プレイヤーは悲しみを忘れてゲームクリアを目指すべきだ。のっこちゃんも全力でゲームクリアを目指す。

山岳エリアには入ってすぐに朽ちかけた山小屋があり、その中には古文書があった。古文書というタイトルに偽りはなく、注釈からあとがきまで全てが謎の言語で書かれていた。

山岳エリアの街で購入したアプリ「翻訳くん」によって読み解いたところ、山の民の枝を手に入れ、その枝を使って山の民の儀式を山の民の神殿で執《と》り行い、山の民の証を手に入れる。その証《あかし》を持って溶岩湖の前で山の民の踊りを踊ることにより山の民の祭壇が出現する。その中に山の民の鍵があり、それは次のエリアを開放する鍵である。追記、山の民の踊りは山岳エリアの街にある秤《はかり》に山の民の水煙草を置くことで魔法の端末から教えてもらう。山の民の水煙草は三種の材料を元にして作ることができる。三種の材料は各所にあるヒントを手に入れてそこから推測しよう。

長い長い行程を読み終えるとジェノサイ子が「はーい！」と元気よく右手を上げた。

「溶岩くらいなら余裕なんですけど！」

彼女はヘルメットのバイザーを下ろし、はらはらするのっこちゃんと@娘々の手を払って溶岩の湖に飛びこんだ。悠々と底まで潜り、山の民の鍵を手に入れてきた。

「ジェノサイ子さんマジチート。ぱねー、マジぱねー。百万円超嬉しいよー。今度オフ会やってさ、それでぱーっと使っちゃわない？」

「あ、いいですね。オフ会」

「百万円タダ酒飲める機会なんてそうそうないアルよ」

「ちょちょちょ娘々全部飲む気かよ！　少しは残そうぜ！　お金、大事！」

硫黄《いおう》の臭気と焼けつく熱さ、一秒でも長居《ながい》したくない溶岩湖が、今は素晴らしい記念の場所に思える。軽口を叩き、肩を抱き合い、三人は笑った。マジカルデイジーがいなくなってから久々に笑えた。のっこちゃんは今感じている楽しさを、さらに二人へ伝播させた。

「これで次のエリアに進めるアル。エリア開放はキャンディーの報酬もあるはずアルよ」

「あ、ホントだ！　５００もキャンディー増えてる！　ヒャッハー！」

「じゃあまずは山岳の街に戻って……」

メールの着信音が鳴った。見るとヘルプボタンが点滅している。

「緊急招集ですぽん。皆さん『荒野の街』の広場に集まってくださいぽん」

ジェノサイ子が指先をヘルメットにこつんと当て、慌てた様子で手を引っこめた。頭をかこうとしてヘルメットに邪魔されたのではないか、とのっこちゃんは推測した。

「今ちょうどいいとこなんだけどにゃー？」

「こっちはこっちで緊急ですぽん。強制移動は今から一分後ですぽん。それではよろしくお願いしますぽん」

白と黒の球体はいいたいことをいってから消えた。残された三人としても、反論する相手がいなくなっては従うしかなくなってしまう。

「まあ、なにかあったみたいだし……とりあえず行ってみましょうか」

「あの淫獣空気読めねー」

「悪いことじゃないといいアルね」

＠娘々が不安そうにしていた。ジェノサイ子は苛立っているようだ。ならばのっこちゃんは楽しいことや嬉しいことを思い出さなくてはならない。

☆ペチカ

「それではいくつかの訂正と追加発表をさせていただきますぽん」

つい先日、ずらずらと魔法少女が並んでいた広場に、今日もまた魔法少女がずらずらと並んでいる。ある者は噴水の縁に腰掛け、またある者はビルの壁に寄りかかっている。一度見た光景であるとはいえ、壮観だった。

ファルからの連絡があったのは昼近く。パーティーの雰囲気は随分と変化している。ペチカが最初に料理を作ってから丸一日が経過し、ここまでに三度料理を作った。ペチカの魔法なら、どんなに凝った料理でも五分でできる。フルコースを作る手間も冷凍食品と変わらない。そしてどんな料理であろうと、ペチカの料理は受け入れられた。

御世方那子とリオネッタは争うように褒めそやし、クランテイルはむっつりと口を閉ざしていたが、尻尾は左右にぶんぶんと振られていた。

「デリーシャス！　ペチカさんサイコーデース！」

「素晴らしい味ですわ。私の専属シェフにしてあげてもよくてよ」

態度の変化は食事の時間以外も続き、力仕事を代わってくれる、アイテムの配分を優先してくれる、等々の気遣いをしてくれる。ペチカが戦闘に参加せずとも文句をいう者はなく、あれだけ皮肉っていたリオネッタも

「もし戦って、うっかり貴女の手に傷でもついてごらんなさい。それでお料理ができなくなってはパーティーどころか世界全体の損失ですわ」

ペチカの手を軽く握り、とろんとした湿度の高い目で褒めてくれた。

ペチカには自信がついた。もういらない子じゃない。皆が必要としてくれる。

他のパーティーも、それなりに楽しそうに見えた……が、一人例外がいた。黒いナースといった感じの魔法少女が真っ青な顔で震えている。あの子もきっと苦労しているんだろう……と、言葉を交わしたこともない魔法少女の身を案じた。

「まず訂正から」

噴水の真ん中に砂が集められ、そこに魔法の端末が据えられてファルが浮かび上がっている。ただでさえ土埃の臭いが絶えない場所であるため、立体映像の光には細かな粒子が照らされていた。

「ダメージのフィードバックがないということについてマスターとマスコットキャラクターでちょっとした行き違いがありましたぽん。ダメージのフィードバックは基本なし。肉を切られようと骨を折られようと現実の身体には傷一つつきませんぽん。ただし死亡した時に限って、心臓に強いショックがかかりますぽん。死ぬ、という生物にとっての一大事をバーチャルとはいえリアルに近い形で経験してしまうことによるやむを得ない弊害《へいがい》でありますぽん。どうかお許しくださいぽん。そして、このゲームはとってもシークレットなゲームでもありますぽん。ゲームのことを参加者以外に話してしまってもゲーム内での死亡と同じ罰則が科せられるのでご注意くださいぽん。というわけでファルからの追加説明は以上ですぽん」

広場に吹く風の音、風に吹かれる砂と土の音、それ以外の音が消えた。皆がファルを見、その発言の意味を考え、黙っている。口がきけないでいる。

全体に青い魔法少女がまず最初に口を開いた。

「冗談っすか？」

「いいえ。ここから先は真実しか申しませんぽん。生き残りたいならゲームクリアを目指してくださいぽん。もし亡くなられても、最初に提示した報酬はきちんと支払われますからご心配なく」

「ふざけるな！」

「なにいってんのさ！」

「認められるかそんなもの！」

怒号がひっきりなしに飛び交う。もともと表情がないファルは平然と受け流し、

「これは試験と同じですぽん。正しい魔法少女であるかどうかを試されますぽん。正しい魔法少女であればゲームクリアできる。生還したければゲームクリアを目指すぽん。ゲームさえクリアすれば生還できますぽん」

同じ言葉を繰り返し、

「以上、マスターの言葉をお伝えしましたぽん」

自分ではなく、上からの命令であると伝え、締めくくった。

ペチカは震えていた。逃げ出したいが逃げる場所はどこにもない。頭から血が抜け落ちていく。足元がぐらつく。今にも倒れてしまいそうで、なのに倒れない。

魔法少女達は、口々に怒鳴り、叫び、壁を殴りつけ、ファルに掴みかかろうとしてすり抜ける。立体映像が多少乱れることがあっても、ファルに触れることはできなかった。

「いくつか質問したいんだが、いいかな？」

車椅子の魔法少女、プフレだ。彼女は草原の街で会った時と変わらない落ち着いた様子で、その声は混乱の只中《ただなか》にあってもよく通った。怒鳴り声も叫び声も静まり、皆が彼女を見た。プフレはファルに話しかけた。

「心臓に強いショックがかかるとのことだが、それに耐えることはできないのか？」

「無理ぽん。人間ならもちろん、魔法少女に変身していても耐えられるものじゃないぽん」

「蘇生を試みたらどうなる？」

「無駄ぽん」

「逃げ道の一つくらい残しておいてくれればいいのに……では魔法の端末の不調について原因を知っていたら教えてほしい。『魔法の国』に連絡できないようしたのは君達だろう？」

ざわめいた。確かに「魔法の国」に連絡をとることができなくなっている。このゲームについて確認しようとしたが、何度メールを送信しても全てこちらに戻ってきた。あれをおかしいと思わなければならなかったのに、こういうこともあるだろうとしか思えなかった。二宮君のことで頭がいっぱいだったから、だけとは思えない。

ファルの目が瞬きをした。

「プレイヤー以外にゲームのことを教えるのはNGだから『魔法の国』に連絡できないのは逆にいいことだと思うぽん」

「偶然、ねぇ」

プフレは呟き、両手を大きく広げ、より大きな声を出した。声の通り、高さ、美しさはそのままに、広場に広がる喧騒を吹き飛ばす大きな声で、

「どうあっても我々に無理やりゲームをやらせたいらしい。強引に連れてこられた手法を見るに、敵は我々をどうにでもしまえるくらいの力を持っているようだ」

「そんなやつに負けたりしないもん！」

着ぐるみの魔法少女が大きな声を出してプフレの言葉を遮った。

プフレはちらりと目をやり、

「勝てないから現状こうなっているのだよ」

さらに、

「ゲームを続行しよう」

と続けた。プフレに対していくつかの反論があった。

「敵の主張を受け容《い》れるのか？」

「敵に屈するのか？」

「こんなゲームに参加したって意味がない」

「敵を倒すための努力をすべきなのではないか」

プフレは意見の一つ一つにいちいち頷き、だが肯定はしなかった。

「『魔法の国』から断絶させ、わけのわからないゲームを強いるマスターの思うよう動くのには抵抗もあるだろう。だが魔法少女である我々をゲームの中に引きこめるということは、それ以上も容易にやってしまえるということだ。敵を倒すにしても、掌中にあるのと変わらない我々が目指すことではない。まずは、とりあえずいうことを聞く」

「ゲームをクリアすれば解放してくれるという保証もないのでは？」

リオネッタだ。当然苛立っている。

「おかしな話ではあるが、マスターなる人物を信じるしかない。他にも確認した者がいるかもしれないが、私の口座に報酬が入っていた。報酬を払う気くらいはあるようだよ。気休め程度だがね」

「報酬について正直なのは素晴らしいけどけれど。ゲームの中で死んでも大丈夫、というお話を信じてこうなったのではなくて?」

「それにつきましては」

ファルが話を引き継ぎ、皆の視線がファルに集まった。視線の一つ一つが刺々《とげとげ》しい。

「これ以降、嘘偽《うそいつわ》りは一つとしてありませんぽん。ファルのいったことはマスターがいったことと同じく、全て真実でありますぽん」

「それは誰が保証してくれるといってますの」

「信じてくださいとしかいえませんぽん」

「保証がなくとも、やれといわれれば従うしかない。我々は籠《かご》の中の小鳥だよ」

プフレの言葉は投げやりにも思えたが、その言い様は諦観《ていかん》は見えず、表情は不気味なほど生き生きとしていた。

「こちらからも一ついいですか?」

一人の魔法少女が右手を挙《あ》げて立ち上がった。ハンチング帽にケープとコート。探偵のような装いだ。

「私はディティック・ベル。こう見えて探偵をしています」

見るからに探偵である彼女が「こう見えて探偵をしている」というのは、ひょっとしたら場の雰囲気を和《なご》まそうという冗談だったのかもしれない。しれないが、誰も笑わず、そのことを指摘さえしなかった。ディティック・ベルは続けた。

「先日、ゲームから解放された直後にある人物の行方を調べました。その人物が現在どのような状態にあるか、それは我々にとって大変重要な意味を持っていました」

「ベルっちぃ、えらくもったいぶったいい方するけど、ある人物って誰っすか？」

青い魔法少女の疑問を受け、ディティック・ベルは目を瞑《つぶ》った。

「ある人物というのはマジカルデイジー。私はマジカルデイジーの現在を調べていた」

ディティック・ベルは目を開き、続けた。

「ご存知の方もいるでしょう。マジカルデイジー。かつて彼女自身の活躍を元にしたアニメが放映されていました。そのアニメの舞台のモデルになったという地方に出向き、私は魔法を使って確かめました。マジカルデイジーは、かつてその地方で活動していた魔法少女でした。私はさらに調べました。魔法によってマジカルデイジーの現在に迫ったのです。彼女の実家を探し出し、そこから彼女が住むアパートに出向きました。アパートは、パトカーと救急車、あとは野次馬でごったがえしていましたよ。聞きこみをしたところ、彼女が亡くなったのはゲームをしていた時刻……現実時間では一瞬でしたね。それとほぼ被っています」

マジカルデイジーが亡くなっていた。それはゲーム内で死んだ者は現実でも死んでしまうというファルの発言を裏付けている。

「マジカルデイジーはけっこうな有名人です。彼女の急死は『魔法の国』に妙な事態が起こっているのでは、という不信感を抱かせるかもしれない。それによって事が露見し、最後まで現実世界と死がリンクしていることを伏せたままゲームをプレイさせることができなくなったのかもしれない」

ディティック・ベルはファルを見た。ファルはふわっと揺れた。

「そう解釈してもらってもかまわないぽん」

ディティック・ベルはどこか満足げに頷いた。

「私からは以上です」

元いた場所に戻り、座った。青い魔法少女は「ベルっちすげえ！　さすが名探偵！」と騒いでいるが、彼女は事態を理解できているのだろうか。理解できている者は全員混乱している。

クランテイルは小刻みに蹄を鳴らし、尻尾は伏せていた。御世方那子は怒ったような泣いているような顔で陰陽の飾りをいじっている。リオネッタは明確に怒っていた。

「ああもう！　とんでもないことになりましたわね！」

「信じられませーン……」

異常事態であるということを各人なりに表現していたが、ペチカにはそれが空虚《くうきょ》なものに感じられた。本当に異常な事態だと認識しているのだろうか。自分以外の全員が「薄々こうなるんじゃないかと思っていた」のではないか。いうことの全てが準備されていた台詞に見える。どこかで聞いたことがあるような、そんな言葉に思える。

「でもディティック・ベルさんもいってまシタ……マジカルデイジーさん、確かにリアルで亡くなってるって」

「マスター側の回し者で口裏を合わせているだけかもしれませんわ」

「デーモとてもそんなふうには……」

「誰も信用できないということをいいたいのです、私は」

「もう一つ、いいかな」

プフレだ。ディティック・ベルと交代し、人魚像の脇にいる。

「本来こういう時にいうべきことではないかもしれないが……今のうちに片付けておかねば、もっとまずいことになるかもしれないからね」

ペチカと目が合い、なぜかプフレはペチカに微笑みかけ、ペチカは慌てて目を逸らした。今微笑むことができるというのはどういう精神状態なんだろう。

プフレは広場一面に響き渡る大きな声を出した。

「協力していただきたい！」

全員の注目が少女に集まる。少女は臆することなく先を続けた。

「再ログイン後、パーティー合流までのわずかな時間を狙い、我々のパーティーメンバーであるマスクド・ワンダーが殺害された！　現実とゲームで生死がリンクしているということは、本当の意味で殺された、ということになるね」

　最後の一言は呟くようだった。

「前回のログアウト直前のイベントで手に入れたアイテムを含め、全てのアイテム、マジカルキャンディーが奪取されていた！　犯人は名乗り出てほしい！」

「そんなのないっすよ！」

　青い魔法少女が叫んだ。

「同志ワンダーはめちゃ強の魔法少女っす！　そんな簡単に殺されるわけねーっす！」

「魔法少女しかいないゲームの中で、強くあることは殺されない十分条件ではない」

　プフレの言葉に反論できず、青い魔法少女は顔を歪めて俯いた。拳を強く握り締め、小刻みに震わせている。ディティック・ベルが肩に手を置き、何事か話していた。たぶん、慰めているのだろう。

　ざわついている。当然だ。ファルからとんでもないことを聞かされ、それで乱れているところにさらなる追撃だ。

「モンスターに殺されたのではありませんの？」

　リオネッタの疑問はもっともなものだ。マジカルデイジーの例を挙げるまでもなく、プレイヤーに危害を与えるのはモンスターというのが自然だろう。

「荒野エリアでエンカウントするモンスターは素《す》のスケルトンだけだ。あれに殺されるような魔法少女でなかったことは、このプフレが受け合おう。それに……マジカルデイジーと同じパーティーだった者はいるか？」

十歳前後くらいのメイド風な魔法少女がおずおずと手を挙げた。プフレはメイドさんに向かって問いかけた。

「マジカルデイジーのアイテムやキャンディーはどうした？」

「ええっと……その……あのう……いくらかは手向《たむ》けにしようってことになって……あのう……あとは……みんなで……その、相談して……分けました……」

いいにくそうにぽつりぽつりと話す。実際いいにくいと思う。死体から切り剥《は》ぎをしたという意地悪な受け取り方をする者だっていなくはないだろう。話し終えると、メイドさんは小さな身体をより小さくし、チャイナ服を着た魔法少女の背後に隠れてしまった。

「聞いたか！」

プフレは右手の掌を上に向け、そのままぐるっと腕を振った。

「モンスターに殺害されても、アイテムやマジカルキャンディーが魔法の端末から消えることはない！　マスクド・ワンダーの魔法の端末はキャンディーもアイテムも空っぽになっていた！　何者かに奪われたというなによりの証左《しょうさ》じゃあないか！」

リオネッタ、クランテイル、御世方那子、それにペチカ。四人で顔を見合わせた。ゲーム再開は強制であり、全員同時刻に行われたはず。ペチカ達は他になにをするでもなく、最短時間で合流をした。誰かを殺してアイテムを奪う暇があっただろうか。ペチカはもちろんそんなことをしていないし、他の三人にもそんな時間があったとは思えない。少なくとも犯人はペチカのパーティーにはいないようだ。

「犯人には正直に名乗り出てほしい！　ゲーム再開直後には、ゲーム内と現実で生死がリンクしていると知らなかったはずだ！　マスクド・ワンダー殺害はゲームの一環《いっかん》として行われた行為だった！　咎めだてはしない！　出てきてくれ！」

反応はない。ざわついているだけだ。

プフレは魔法の端末を取り出した。

「ならば諸君らの魔法の端末を見せてほしい。犯人の魔法の端末にはマスクド・ワンダーの持っていたミラクルコインが入っているはずだからね」

またざわつく。クランテイルが長々と息を吐き、前に進み出た。

「今、探してどうする。魔女狩りでもするつもりか」

「魔法少女に魔女狩りとは良いセンスだね」

発言を茶化《ちゃか》されたクランテイルは、いよいよ射殺《いころ》さんばかりに相手を睨《にら》みつけた。プフレは、こほん、と咳払いをして話頭を転じた。

「品行方正な魔法少女が、ゲームの中くらいは悪の道、今回でいうとＰＫに走ったって別にいいさ。名乗り出てくれたら仕方ないねで終わらせる……ミラクルコインは返してほしいがね。だが、名乗り出てくれないなら私は懸念するわけだよ」

「なにを」

「この中に、被害者のふりをしているが実は加害者の仲間……マスターの意のままに動く魔法少女がいないとも限らないじゃないか」

クランテイルが口をつぐんだ。プフレはさらに畳みかける。

「潜入工作員どころか、ひょっとしたら張本人が混ざっていたりするかもしれない。そういうことってあったりするかい？」

ファルに問いかけたが、ファルはなにも話さない。黙してふわふわと浮いている。

「真実のみを話すというファル氏も答えたくないそうだ。ならば私はいよいよもって懸念を払拭したいね。まずは犯人だと名乗り出てくれる人、いるかい？」

誰も口を開かない。

「だったら端末を見せてくれ。自分が純粋な被害者で、無理やりここに連れてこられた哀れな魔法少女の一人だというなら、魔法の端末のアイテム欄を見せるくらいいいだろう」

クランテイルは地面に向かって唾を吐き捨て、プフレを睨みつけた。ペチカならそれだけで泣き出してしまう眼光を真っ向から受け止め、プフレは頬を緩めた。クランテイルは魔法の端末を勢いよく投げつけ、プフレは片手で受け止めた。

ざわめきは消え、皆がじっと二人のやり取りを見ている。

「ありがとう。感謝する」

プフレはクランテイルの魔法の端末をチェックし、

「うん、問題ないな。アイテム欄にミラクルコインはない。では念のため私の物もチェックしてもらえるかい？」

クランテイルの魔法の端末を返すと同時に、自分の魔法の端末を差し出した。クランテイルは黙って魔法の端末を受け取り、

「……問題はないようだ」

押しつけるようにつき返した。

「それでは他の人らもよろしく頼むよ。今見られて困るのは唯一犯人だけだ。諸君らが無実であればなにも憚《はばか》ることはなかろう」

なんで疑われなければならないのか、そんなことが本当にあったのか、などと幾人かから不平は出たものの、皆、疑われるくらいならという結論に達したらしい。ペチカもそれは同じだ。列に並び、プフレに魔法の端末をチェックしてもらった。犯人であるわけがないが、それでも差し出してから戻ってくるまでは緊張した。

プフレと同じパーティーの黒いナースは、プフレと同じくクランテイルにチェックしてもらっていた。なぜマスクド・ワンダーと同じパーティーに所属していた二人まで魔法の

端末をチェックされているのか？　と疑問に思い、すぐに「死んだマスクド・ワンダーのアイテムを全て掻《か》っ攫《さら》い、何食わぬ顔で盗まれたといっている」という可能性に行き着き、そんなことを考えている自分にぞっとした。

一人ずつチェックが終わり、プフレの前に並んでいた列が消え、皆が元いた場所に戻り、プフレは広場の隅に声をかけた。

「さあ、君以外は全員調べた。犯人でないというのなら君も協力をしてほしい」

声をかけられた方を見てぎょっとした。侍風の魔法少女が抜き身の日本刀を右手に下げていた。覚えている。忘れるわけがない。ゲーム開始時に出会い、骸骨を殲滅《せんめつ》してもらったものの、その後、喉を掴まれ殺されかけた相手だ。

「さあ」

プフレは促したが、侍風の魔法少女は動かなかった。聞こえていないわけではないようだ。視線はしっかりとプフレを捉えている。ぶらぶらと手に持った日本刀が揺れていた。

「ほら、早く。皆待っているじゃないか」

空気の軋む音がした……そんな気がした。ペチカは唾を飲みこんだ。ひょっとしてペチカ以外の皆も同じ事を思っているのではないだろうか。彼女以外全員の魔法の端末をチェックし、どこにも奪われたアイテムがなかった。つまり、それは、残る一人が持っているということになるのではないだろうか。

プフレは手を差し出したままで、侍風の魔法少女は動かず、他の魔法少女も息を殺して見守っている。片手に抜き身の日本刀をぶら下げ、精神の平衡《へいこう》さえ怪しそうな相手に向かっていこうとは誰も思わないだろう。

「ちょっとちょっと、そこのお人」

ペチカの予想を超え、一人の魔法少女が歩み出た。猫耳を思わせる突起のついたヘルメットを被り、半透明のバイザーを下ろして顔を覆っている。服は近未来的なぴったりとしたスーツで、再放送で見た特撮物に出てくる戦闘部隊の隊員に似たコスチュームだ。

「ごねたって疑われるだけっしょ。ここは素直に見せておきましょうぜ旦那」

刃物を持った不審者を相手にしているとも思えない堂々とした態度だ。特撮風の魔法少女は侍風の魔法少女の肩に手をかけようとしたが、払いのけられた。侍風の魔法少女は片目を眇《すが》めて特撮風の魔法少女をじぃっと見た。視線がねばっこい。

「……音楽家か?」

「はい?」

「音楽家か?」

「ああ、まあ、そうともいうかな。実は動画サイトにボカロ使って自作の歌とか」

日本刀がなにもない空間で一振りされ、ばしゃっと濡れ雑巾《ぞうきん》が叩きつけられるような音がした。バイザーの内側が赤く染まり、特撮風の魔法少女が前のめりに倒れた。

誰かが悲鳴をあげた。

☆のっこちゃん

「まあ落ち着きたまえ」

　プフレが差し出した手をそのままに、刀を持った魔法少女に話しかけた。魔法少女の刀には曇り一つない。強い太陽光を反射し、白銀色に輝いている。

　のっこちゃんは@娘々がジェノサイ子へ駆け寄ろうとするのを懸命に押しとどめた。

「夢ノ島さんが！　手当てを！　手当てしないと！」

「落ち着いて……とにかく落ち着いて……」

　今動くのはまずい。ジェノサイ子が心配だという気持ちはわかるが、絶対にまずい。刺激すれば兇漢《きょうかん》が動く。動けばきっと人が斬られる。斬られる人は刺激した相手以外にない。自分の心を落ち着かせ、その落ち着いた心を@娘々に浴びせた。それでもまだジェノサイ子に向かおうとするのをとにかく止める。

「とりあえずその刀を置きたまえ。武器を捨ててから話し合おうじゃないか」

　凶行があったとは思えないくらいにプフレはにこやかだ。やんわりと投降を促し、それと同時に一条の光が走り、それが二股に分かれ、かっ飛んできた黒いナースがプフレに体当たりし、直前までプフレのいた地面がざっくりと斬り割られた。

のっこちゃんはベテランの魔法少女だ。魔法少女同士の争いを何度も見てきた。魔法少女同士の難解な戦闘も、ある程度は分析できる。

プフレが不意を突いて車輪を飾る小鳥の口から光線を発射し、その光線が刀を振るって発生した斬撃により分断される。刀を持った魔法少女は返す刀でプフレにもう一撃を見舞ったが、黒いナースが横合いから跳んでそれを救った。

というところまで分析すると同時に建物の陰に隠れた。他の魔法少女達も、攻撃しながら、あるいは逃げに徹《てっ》して、建物の陰、敵の死角に潜りこんだ。

数本の太い銛《もり》が風を切って飛ぶが、残らず迎撃された。縦に、横に、斜めに、切られ、割られ、打たれ、目標へ到達する前に、重そうな音を立てて地面へ落とされた。

刀を持った魔法少女はさっきまでいた場所から動いていないはずだ。なのに、地面に転がった銛は寸断されている。巨大なひまわりの種が飛び、それも切断され、石が投げこまれ、全てが割られて転がった。

おそらくは長射程の斬撃。ジェノサイ子は「どんな攻撃も受け付けない」スーツのバイザー越しに斬られた。スーツが斬られることなく、中のジェノサイ子のみが赤い血を飛び散らせた。つまり視界内に見えるものならなんでも斬れるのではないか。バイザー越しにジェノサイ子の顔を見て、その顔に斬りつけたのではないか。ここまで考察したが、だからといってのっこちゃんにできることはない。それはつまり出れば斬られるということだ。

のっこちゃんと同じ建物の陰に隠れている魔法少女は、膝を抱いてガタガタと震えていた。白い帽子が頭から落ちてしまいそうになっている。とても期待できそうにない。他の魔法少女もどこかに隠れているはずだが、ここからは見えない。

双方攻撃の音がやみ、数分が経過した。体感時間なので、ひょっとしたらもっと短かったかもしれない。誰も動くものがない、しぃんと静まり返った広場に、大きなものが擦れる音が聞こえた。岩やコンクリ等を擦《こす》り合わせるような音だ。徐々に大きくなっていく。ふっと上を見上げると、隠れていた建物が、こちらに倒れようとしている。建物全体ものが倒壊しようとしているのではない。上半分だ。

縦二十メートル、横も同程度にある建物を斜めに切断したのだ。斜めに斬られた上半分が、こちらに向かってずり落ちている。こんなものに潰されては、魔法少女とて無事ではいられない。

のっこちゃんは隣の魔法少女を蹴り飛ばし、自分はその反動で反対側に跳んだ。これによって自分は迫りくる建物から逃れ、蹴り飛ばした相手も窮地《きゅうち》を脱したはずだ、恐らくは。

建物の上半分が地面に叩きつけられ、後から後から砕けていく音が鼓膜を打つ。周囲の建物が目に見えて揺れるほどの振動で、立っていられない。両手両脚を地面につき、もうもうと立ちこめる土煙の向こうを見れば、日本刀を担いだ魔法少女が平然と立っていた。

「音楽家ァ」

最後の「かぁ」で息を吐き、担いだ刀を振りかぶった。のっこちゃんとは十メートル強離れている。が、振り下ろした。高さ三メートルはある巨岩が一撃で真っ二つになった。

「あぁん？」

振りかぶる前には視線が通っていた。そのまま振り下ろされていれば、のっこちゃんが斬られていた。だが、振り下ろす瞬間、視線が塞がった。巨大な岩がのっこちゃんと敵の間で通せんぼをし、のっこちゃんの代わりに岩が真っ二つになった。

「させないアルよ！」

@娘々がのっこちゃんの前に立ちはだかっていた。両手の指の間に一枚ずつ、合計八枚のお札《ふだ》を挟み、毎度やっている中国拳法の構えを見せている。

睨み合っている。@娘々が深く息を吐きながら摺《す》り足で前に出た。対する相手は上段に構えた。日本刀の切っ先が徐々に持ち上がっていく。

日本刀が振り下ろされ、同時に札が翻った。小さな爆発とともに札が消え失せ、後には大きな岩が残り、結果、また岩が切断され、断ち切られた残骸が重なった。

アットマークの描かれた札が次々に飛び、弾けては岩に変化する。日本刀を持った魔法少女が奇声を上げ、左手で脇差を抜いた。左手をそっと添えるようにして、人差し指、中指、親指のみで持ち、右手の刀とともに、視認も困難な速度で振り回した。

岩が斬られ、割られ、砕かれ、出てきた岩、全てが粉《こな》みじんに破壊された。岩の切片《せっぺん》が飛び散り、切削《せっさく》された岩が粉塵《ふんじん》を巻き起こして視界の全てを白一色に染め上げた。

一陣の風が吹きつけ、粉塵を舞い散らし、斬り割られた岩の塊、対峙する二人の人影が浮かび上がった。モップを構えたのっこちゃんと二刀を構えた侍の魔法少女。

のっこちゃんは構えてこそいるが、だからといってなにができるわけでもない。十メートルの距離を越えて攻撃する手段など持っていない。日本刀を持つ魔法少女も、これまでのやり取りからそのことをよく知っているのだろう。頬を歪めて白い歯を見せた。笑っている。のっこちゃんが無抵抗に斬り殺されるとわかっていて、それをせせら笑っている。急に日が翳《かげ》ったことにも、@娘々がいなくなったことにも、全く頓着していない。細かいことなどどうでもいい、とにかく目の前の敵を斬り殺したいという衝動に動かされている。魔法少女の歪んだ笑みは、上から降ってきた廃ビルに押し潰されるまで途絶えなかった。

のっこちゃんは落下して地面に突き立った廃ビルの屋上を見上げた。その上に立つ@娘々は、潰される直前まで笑っていた魔法少女と対照的に、涙で顔を歪ませていた。

@娘々がいなければのっこちゃんは殺されていた。@娘々が岩で守ってくれた。@娘々が札をばら撒き、岩を連続召喚している間に周囲の建物に駆け登り、そこから飛び降りて廃ビルを召喚してくれた、そのおかげでのっこちゃんは殺されずにすんだ。感謝をしたかったが、本人はそれどころではなく泣き濡れている。

そういえばジェノサイ子も斬られたのだった。彼女が斬られ、倒れていた場所を見たが、そこにジェノサイ子はいなかった。魔法の端末がぽつんと落ちていた。

マスターサイド　その三

「どうだったー？」

「ああ、最悪だったぽん。全員が全員、泣くわ怒るわでファルだって殺されかけたぽん。立体映像じゃなければグチャグチャのミンチにされてたんじゃないかぽん？」

「そっかそっか」

少女は軽く頬を緩めた。左手人差し指を眼鏡のフレームにあて、持ち上げ位置を整えた。

「でもさ、それなりに受け入れたんでしょー？　あの子達はきっと気づいてたんだと思うんよ。こうなるんじゃないかって思ってた。それでもゲームには参加した。誰も断らず、誰も嫌がらず、無理やり連れてこられたはずのゲームを受容したんだ」

少女の長口舌《ちょうこうぜつ》はまだまだ続きそうだったが、ファルはこほんと咳払いをして無理やりに打ち切った。少女は二度瞬きしてファルを見た。

「なに？」

「一つ提案があるぽん」

「いってみなよう」

「今ならまだ間に合うとか思わないぽん？」

「間に合うってなにが？」

「素直に自首すれば『魔法の国』が減刑してくれるとか思うぽん？」

「思わないけど？」

「首を差し出せば命まではとられないぽん」

「命とか惜しくねーし。魔法少女が魔法少女として生きていけるかのが大事だし」

言葉が途切れた。ファル、少女、ともに黙る。

「いいこと思いついたぽん」

「どんなこと？」

少女は前髪を指先に巻きつけていた。少女の髪は、全体に短いながら若干癖があり、はねているのを気にしているようだ。

「マスターはファルに脅されてたんでもいいし、ファルに騙されてたんでもいい。ファルの暴走に気がつかなかったでもいいぽん。とりあえずファルを主犯にするぽん」

「そんで？」

「ファルの犯罪を告発するという形で自首するぽん。うちのマスコットキャラクターが魔法少女集めて殺し合いさせてますって『魔法の国』に訴えるぽん」

「あのさー」

少女は回転椅子を半回転させ、身体ごとファルに向き直った。遠心力で眼鏡がズレ落ち、再び左手中指を伸ばして眼鏡の位置を整える。

「あたしは自分の罪深さに恐れおののいて後戻りできない弱虫だと思われてるの？　あんたの中のあたしはそんなにつまんない魔法少女でしかないの？　自分が全部罪を引っかぶるから許しを乞えっていわれて喜ぶやつだと思われてるとか最悪以下不快以上だねー」

「今ならまだ」

「黙ってなよ」

少女は前髪から指を離した。離すなり、くるくるっと元の形に戻ってしまう。

「あたしの正義に水差すなよマスコットキャラクター。正しい魔法少女だけが魔法少女やっていい、それのなにが悪い？　なにも悪くないっしょ。正しくない魔法少女が魔法少女やれるっていうなら、それは制度も試験も『魔法の国』もなにもかも悪い。特に一番悪いのがあの女で、次に悪いかもしれないのが『子供達』じゃん？」

少女はファルに微笑みかけた。

「あたしは師匠の教えを守る。それこそが正しい魔法少女でいるための方法だよ」

第四章　不可思議なキャンディー

☆シャドウゲール

「プレイヤーが死んでもアイテムは無くならない。では魔法の端末が破壊された時はどうなる？　その中に入っているアイテムは？」

「魔法の端末が壊された時は、中に入ってるアイテムは元あった場所に戻るぽん。イベントアイテムはもう一度イベントが発生するようになるし、お店で買うアイテムはお店に戻って店頭に並ぶぽん」

「アイテムをインストールせずに持ち歩くといったことはできるのかな？」

「あらゆるアイテムはデータでしかなく、魔法の端末にインストールして初めて具現化できるようになるぽん。武器や防具を装備状態にして持ち歩くにも、鍋や食器といった道具として使用する物も、まずはインストールしてもらわないといけないぽん」

ゲーム内の死＝リアルの死であると宣言し、この催《もよお》し自体が「魔法の国」から切り離された違法なものであることまでわかり、現在、マスコットキャラクターのファルは、ダニやゴキブリより嫌われているが、プフレはヘルプボタンを押し、それが当然であるかのように、マスコットキャラクターへ質問を投げかけていた。「なにが目的でこんなことをしたのか？」「我々になにか恨みでもあるのか？」といった質問ではない。ゲームクリアを目指す一プレイヤーとしてごくポジティブな質問だ。

やはり異常な人だ、とシャドウゲールは再認識した。

三日間とはいえ、仲間として一緒に協力してゲームを進めたマスクド・ワンダーが、あんなにも無残な死に方をして、しかもその死がゲーム内だけのものではないと告げられたのに、まるで悲しんだりショックを受けたりという様子がない。

どうにかして現状を「魔法の国」に伝達できないかと話し合う者、他の魔法少女に助けてもらうことはできないかという者、様々な意見を出す者がいた。それらはいずれもダメそうで、結果的には建設的ではなかったかもしれない。でもこんなゲームを強いるマスターの掌で踊らされるよりはまだマシではないか。

パーティーの枠を超えて協力し合うべきだという意見が出され、四人のリーダーが広場で話し合いをしていたのだが、プフレは早々に切り上げて戻ってきた。今は山岳の街の建物一階で机を挟んでシャドウゲールと向かい合っている。この建物は他の家に比べて広く、プフレが車椅子に乗ったままでも悠々と動き回ることができる。そして他と同じく住人はいないため、入り浸っていても主が文句をいうことはない。

「質問は以上だ。ありがとう、ファル」

ご丁寧に礼までいって、プフレは魔法の端末の画面を戻した。ヘルプ画面は消え、アイテム確認画面が表示されている。

「一つ、おかしなことがある」

「話し合いの結果について教えてもらってないんですが。どうなったんですか」

「それを話すためにも、その前が肝要なんだ」

「その前?」

ファルが皆を荒野の街の広場に集め、そこでとんでもないことを発表した。

皆がどうしようどうしようと浮ついている中、プフレがさらなる爆弾を投下した。マスクド・ワンダーが殺され、アイテムとキャンディーが奪われている。犯人は誰だ、と。

あの無残な死に様を思い出すだけで胸が悪くなる。マスクド・ワンダーは変わり者で押しつけがましいところはあったが、それでもいいやつだった。包帯を巻いたプフレに釣られるお人よしで、弱いものを守るために戦う正しい「正義の魔法少女」だった。あんな殺され方をされる謂《いわ》れはない。

マスクド・ワンダーが追い剥ぎにあった、ならば彼女のコインを持っている者が犯人に違いない、さあ犯人探しにご協力を、あなた達の魔法の端末をチェックさせてくださいな、ととんとん拍子に進み、最後の一人で詰まった。侍の魔法少女が魔法の端末を見せることを拒否し、それを諌めようとした特撮風の魔法少女を斬った。斬り殺した、でないのは斬られた側が消えていたからだ。同じパーティーだった二人が探しているらしいが、本人がどこにいたとも、死体がどこかで見つかったとも、連絡はない。

侍は台風もかくやの大暴れをした。目につくもの全てを斬り、斬って斬って斬り倒し、建物まで両断した。プフレだってシャドウゲールが助けていなければ斬り殺されていたはずだ。助けられた本人は当たり前のことだと思っているのか、礼の一つもない。同じ助けるにしても、蹴り飛ばすくらいはしてやればよかったかもしれない。

最終的に、暴漢の墓標は廃ビルになった。中華風の魔法少女と交戦し、目の前のメイドさんを斬り殺そうとしたところを上から廃ビルを落とされて押し潰された。世の中にはこうも恐ろしい真似をしてのける魔法少女が大勢いるのかと慄然とする。

廃ビルは中華風魔法少女によって再びお札に封じられ、窪んだ地面の中央には……あまり思い出したくない状態になっている侍魔法少女がいた。魔法の端末は到底使用できる状態ではなく、保護フィルムは破け、液晶は潰れ、アイテムの有無も確認はできなかったが、魔法の端末の提出を拒《こば》んだこと、問答無用で斬りつけたこと、他の誰もがミラクルコインを所持していなかったことなどから、まあ彼女が犯人だったのだろうということになり、犯人探しはそこで終わった。

その後、今後どうするかといった意見が出され、リーダーによる話し合いの場が用意された。魔法少女達があしようこうしようと意見を出し合う中、シャドウゲールは朦朧とする頭を抱えていた。なぜ揃いも揃ってこうも切り替えが早いのか。人が三人も死んでいる。さらに自分達も生き死にのかかったゲームを強いられている。泣いたり喚いたり錯乱《さくらん》したりしている人間がもっともっといるべきだ。善後策を話し合おうという冷静な者ばかりいるなんておかしいじゃないか。全員で私を騙そうとしているんだ。

話し合いを早々に切り上げて戻ってきたプフレに対し、そのようなことを強い調子で話してみた。シャドウゲールの頭はぐつぐつと煮えている。

「護《まもり》が思っているほど皆冷静というわけでもないよ。私は冷静だがね」

「お嬢が冷静なのは知ってます……」

「そうだねえ。護だって冷静といえば冷静かもしれない。ほら、私達が魔法少女になった時の試験官……なんていう名前だったかな。まあいいか。彼女もいっていただろう。魔法少女になれば肉体的だけでなく精神的にも強くなる。恐怖心も薄らぐって」

「薄らいでいる気がしません……」

「『魔法の国』が求める魔法少女らしい魔法少女というのはね。いざという時、躊躇《ちゅうちょ》せず自己を犠牲にできるような聖人だよ。まともな神経じゃやってられない」

もっともらしいことをもっともらしく話すが、納得できるかは別問題だ。

「この街の店では『アイテム図鑑』というアイテムアプリが売りに出されていた。草原の街で売っていたモンスター図鑑のアイテムバージョンだ」

まあ見てみろと渡された魔法の端末にはアイテムの名前がずらっと表示されていた。

「これがアイテムの名前。さらにクリックすることでグラフィックも表示される。名称部分に『？？？』と表示されているものは、入手していないアイテムだろう。右にスライドするとアイテム入手の方法、店で売るといくらになるか、そして効用」

「この数字はなんですか？」

大きな数字、そして括弧《かっこ》内に小さな数字がある。たとえば通行証なら「10000（4）」といったふうに表示されていた。ぱっと見ではなにを意味しているのかわからない。

「いいところに目をつけたね。それが大事なのだよ。大きな数字はアイテムの上限数。小さな数字は現在ゲーム内で流通している数だ。それを踏まえてこれを見たまえ」

プフレが指を指した先には「ミラクルコイン」が表示されている。プフレの指は右に動き、上限数と流通量が記《しる》されている箇所で止まった。そこには「1（1）」とあった。

「はあ。それがどうし……あれ？」

シャドウゲールは首を捻った。

「流通量が……一分の一？」

「それだ。おかしいじゃないか、なあ」

プフレの口調が若干熱を帯びてきた。表情は楽しげだ。

「魔法の端末が壊れると、中のアイテムは元あった場所に戻る。イベントアイテムであればもう一度同じイベントが発生するようになる。ファルはそういっていた。もし、日本刀を振り回していた兇漢が、マスクド・ワンダーのアイテムを奪っていたのだとしたら。彼女の魔法の端末がビルで押し潰された時に、コインの流通量もゼロとなり、もう一度同じイベントが発生していたはずじゃあないか」

「魔法の端末にインストールせず持ち歩いていたんじゃないんですか。どこかに隠すとか」

「それはできない。まずはインストールしないと具現化は不可能。ファルに確認済みだ」

「またファルが嘘を吐いているんじゃないですか」

「ファルは嘘を吐かないさ。彼がいっていただろう、これから先は真実のみだと」

「あんな嘘八百信じてどうするんですか」

「私はね」

帯びていた熱の温度が上がっている。プフレは車椅子の車輪に手を置いていたが、いつしかその手は車輪を握り締めていた。ゴムが歪み、中の空気は逃げ場のなさではちきれそうになっている。

「ディティック・ベルのような名探偵とは違う。犯人を捜そうという時、証拠集めもしないしアリバイ崩しもしない。聞きこみくらいはするがね」

「なにがいいたいんです」

「声質。容姿。服装。仕草。体臭。口調。唾液や汗の分泌《ぶんぴつ》量。ファルという個性を判断するにはそれらが欠けている。だがね、彼というキャラクターはそれを引いてもわかりやすい。マスターへの反感がある。ゲームへの不満がある。彼はプレイヤーサイドだよ」

「名探偵と違うという話はどこに」

「犯人を捜す時は人物で見定めるということさ。証拠もアリバイも私には必要ない。私が犯人だと思えば、それは確実に犯人だからだ。人治が法治を上回る条件はただ一つ、けして間違えない為政者なのだよ。私は人物を見誤らない。ファルはプレイヤーに協力的だ」

　プフレは車輪から手を離した。白く艶やかな掌が真っ黒に汚れてしまっている。プフレはシャドウゲールに手を差し出し、シャドウゲールはハンカチを取り出し手を拭いた。

「ファルが真実を語り、コインが未だ流通している。つまりそれはマスクド・ワンダーを殺してアイテムを奪った者が生きているということに他ならない」

　シャドウゲールがプフレの手についた汚れを拭き取ると、言葉に帯びていた熱がすっと冷めていく。プフレはいつものプフレになっていた。

「夢ノ島ジェノサイ子が消えたのだってそうだ。誰かがなにかをしている」

「けして間違えない為政者様は、その誰かがわからないいんですか？」

嫌味臭くいったつもりだったが、プフレは涼しい顔で肩をすくめた。

「まだわからない。わからないからこそ、パーティーという枠を超えての協力は慎《つつし》んでおくべきだ。敵かもしれない相手と仲良く肩を組むわけにいかないだろう?」

☆ディティック・ベル

皆の前でマジカルデイジーの今について捜査結果を発表した時は気分が良かった。まるで名探偵のようで、己の生命さえ危うい状況なのに誇らしくてつい熱が入った。

問題はその後、日本刀を振り回す兇漢が取り押さえられてからだ。

リーダー同士の話し合いは、結論どころかその前の段階に達することもなく、尻すぼみで終わってしまった。のっこちゃんは消えてしまった夢ノ島ジェノサイ子を探したいのだと早々に切り上げてしまったし、プフレは「方針が決まったら教えてほしい」といって、まるで当事者ではないような顔をして去っていった。後に残ったディティック・ベルは、我々だけでも協力すべきだと説いたが、むっつりと押し黙ったクランテイルがなにを考えていたのかを推し量《おしはか》ることはできなかった。

下半身が馬のクランテイルと相対すると、お互いに座っていてさえ見下ろされる形になり、無言の圧力がとても恐ろしい。一応最後に領いてはくれていたので、了承《りょうしょう》はもらえたのかもしれないが、具体的なことは一切決まらなかったため、その了承に意味はない。

がっくりと疲れてパーティーのいる荒野の街のショップにまで戻ると、そこでもまたがっくりと疲れるような事態が発生していた。

「いたんすよ！　マジっすよ！」

ラピス・ラズリーヌが騒いでいる。黒い髪を肩で切り揃え、淡い茶色の瞳が優しそうな彼女は、清楚な見た目に反していつ如何なる時でも騒がしい。

「いたってなにが？」

「夢ノ島《ゆめのしま》ジェノサイ子」

メルヴィルは逆に見た目だけが派手だ。オレンジ色の髪をくるくると巻き、そこに紫の薔薇を散らすという派手の権化のような髪型に反し、本人は静かで訥々《とつとつ》と喋る。

「荒野の街の広場でくずさんた夢ノ島ジェノサイ子がそごな角からこっぢ見でった」

メルヴィルは建物の陰を指差した。

「いやいや、だって夢ノ島ジェノサイ子は」

荒野の街で斬り殺されたでしょ、といおうとして口をつぐんだ。のっこちゃんと@《あっとまーく》娘々《にゃんにゃん》は行方を捜している。それは一応生死不明になっているからだ。ディティック・ベルは死体が誰かに隠されたのだと考えていたが、生きているのだと信じて探している者がいるからには「死んだ者が姿を見せるわけはない」と口に出すのは憚《はばか》られる。

「ほっぺたから口を通って顎の先にまでぐわーっと深い傷が通ってたんすよ。あれってたぶん斬られた跡じゃないっすかね」

ラズリーヌの言にメルヴィルが頷く。

「んでもってその傷跡がフランケンシュタインみたく縫ってあったんすよ！」

ラズリーヌがおどろおどろしい顔で叫び、メルヴィルが頷く。

「それでどうしたの？　声かけたの？　向こうからなにかいってきたの？」

「向こうはあれじゃ声出すの無理っしょ。口まで縫われちゃってたっす。こっちはきゃーとかわーとかもうびっくりで声かけるどころじゃなかったっすよ」

きっと騒いでいたのはラズリーヌとチェルナー・マウスだけだろう。メルヴィルが叫んだり騒いだりするところは想像しにくい。

「そういえばチェルナーはどうしたの？」

「ジェノサイ子ちゃんがたたーっと走って逃げちゃったから追っていったっすよ。連れ帰ってきてくれればあたしらのいってることがホントだーってわかるっすね」

「別に嘘だとはいってないよ」

「ホントっすかあ？　ベルっちから疑いのオーラをびんびんに感じるっすよ」

嘘を吐きはしないだろう。見間違えることはあるだろうが。そして、粗忽者《そこつもの》のラズリーヌや万事大雑把《おおざっぱ》なチェルナーはともかく、メルヴィルが一緒なら見間違えもない。つまり夢ノ島ジェノサイ子はそこにいた、ということになる。

縫い跡があるということは自分、もしくは誰かが縫ったということだろう。回復薬も使わずになぜそんなことをしたのか。パーティーメンバーに無事を伝えることもなく単独行動しているというのも解せない。そんなことをする意味がない。

胸倉を掴んで迫るラズリーヌから視線を外し、ディティック・ベルはメルヴィルに目を向けた。メルヴィルは頷き、顎先でショップの向かい側を示した。

「戻できだぜん」

建物と建物の境から四足で走る生き物が飛び出し、メルヴィルにぶつかる直前で急ブレーキをかけて停止した。地面に痕跡が走り、土煙が舞い上がる。咳きこむディティック・ベルとラピス・ラズリーヌに構うことなく、飛び出した生き物……チェルナー・マウスが右手を挙げて「いなかったよ！」と報告した。

「いなかったって、ジェノサイ子が？」

「もうびっくりするくらいいなかった！　きっとすごく足が速いんだと思う！　あとねあとね、匂いも全然なくてびっくりしたよ！」

「じゃあやっぱり集団幻覚とかそういうのだったんじゃないの」

「まぼろしじゃないよ！　これがあったもの！」

チェルナー・マウスが袖口を振り、ころんとなにかを転がした。彼女の袖口にはポケットがついていて、普段は巨大なひまわりの種が収納されている。

メルヴィル、ラズリーヌ、ディティック・ベルの三人が顔を寄せて転がったものを見た。石くれがくしゃくしゃの紙に巻かれている。石が転がり、それに従って紙が広がり、中が見えた。そこには「裏切り者に気をつけろ」とみみずののたうつような字で書かれていた。

「これ、なんて書いてあるの？」

チェルナー・マウスののどかな声に答える者は誰もいない。

メルヴィルは石を蹴りつけた。重しを失った紙が、風に吹かれて飛んでいった。チェルナー・マウスが「ああー！　飛んでっちゃうよー！」と追いかけていく。

「話し合いつうのはどなっだ？」

「ああ、うん。皆で協力をしようってことに」

「反対だ」

メルヴィルは足元の石から目を離さない。

「誰がはしんね。んでも誰が悪さやろとしっでな。そいつが仲間ん中あ、いねどは限んねな。危ねえさ、やでられねや」

「でも、こんな時にバラバラじゃ」

「今んで通りがいっとうええでね」

有無をいわさぬ一言に、それ以上の言葉が継げなかった。

☆のっこちゃん

方々を訪ねて歩いたが、ジェノサイ子は見つからなかった。ディティック・ベルのパーティーはジェノサイ子を見かけたといっていたので、生きてはいるのだろう。だがジェノサイ子がのっこちゃん達の前に顔を出すことはなかった。

地図アプリで居場所を探せないかと起動してみると、@娘々の居場所と重なっていた。どうやら本人ではなく魔法の端末の位置を表示していたらしい。見事に役に立たない。

生きているなら、せめて顔を見せてくれればいいのに、と思う。思うが口には出せない。@娘々は広場の戦いが終わってから、ろくに口もきかず、気がつけばぼうっと遠くを見ている。のっこちゃんは必死で楽しくて嬉しい思いを伝播させていたが、どれだけ有効かはわからない。死と直結しているゲームをやらされている、ジェノサイ子の居所がわからない、相手が強盗殺人犯とはいえ戦いの末殺めてしまった、これら諸々《もろもろ》が@娘々にのしかかっているのではないかと思う。

ジェノサイ子は顔くらい見せてくれればいいのにーとも、@娘々って実はあんなに強かったんだーとも、みんなで協力して生還しようねーとも、いえない。いえば＠娘々が嫌なことを思い出す。嫌なことを思い出せば、より打ち沈む。

「魔法少女、やめてたアル」

その日の食事時、突然そういわれてぎょっとした。差し向かいで保存食を食べていて、＠娘々はなにもいわず、のっこちゃんもなにもしゃべらず、二人とも無言のままで栄養補給以上の意味はない、味気ない食事をとっていた。その沈黙を破り、＠娘々が突然しゃべり始めた。彼女の声を聞いたのは、とても久しぶりという気がする。

「やめてたって、どういうことです？」

「そのまんまの意味アルよ。魔法少女は引退してたアル」

「誰が？」

「私が」

「えっ、娘々さん魔法少女引退してたんですか？　なのにゲームに参加させられてるの？」

「そういうことになるアルね」

慰めようとして躊躇《ためら》った。同情してほしくて話し始めたというようにも見えない。ぼやいているというわけでもなさそうだ。ただ、ぽつりぽつりと話している。＠娘々の表情はぼんやりとしたままだった。

「なにかとても嫌なことがあったアル。それで魔法少女をやめたアルよ」

「嫌なことって……」

いいかけて止めた。嫌なことを思い出させても嫌な気持ちになるだけだ。

「それが全く思い出せないアルよ。魔法少女をやめるくらいの嫌なことだったはずなのに、なにがあったのか全く思い出せない……」

@娘々は、前歯だけで保存食のバーを齧り、ゆっくりと咀嚼《そしゃく》した。

「とても嫌なことがあった……魔法少女をやめた……なのにゲーム参加をしていた……ごく自然に……それがおかしなこととも思わなかった……」

なにかにとりつかれているようにも見える。神がかっているようにも見える。なににせよ、まともな状態には見えない。@娘々はぼそぼそと囁き続けている。

「ビルの上で泣いた。涙が出た。悲しかった。人を殺したから。手加減のできる相手じゃなかった。それはわかっている……でも……」

顔を上げた。空には雲がない。星もない。月もない。なにもない。黒だけが広がっていて、その黒色が@娘々の瞳に映っている。

「二……二回目……？　二回目だからもっと上手くやれると……」

茂みが動いた。葉と葉が擦れ合う音がした。のっこちゃんは立ち上がろうとして@娘々に手で制された。

「どなたさんアルか？」

瞳には意志がこもり、声には意識がある。誰かがそこにいる、ということよりも、@娘々がまともになったことにのっこちゃんは驚いた。

「私だよ」

車椅子の魔法少女。それに車椅子を押すナースの魔法少女。車椅子の方は確かプフレ。殺されたマスクド・ワンダーのパーティーメンバーだった。黒いナースは……なんという名前だったか。プフレに付き従っている魔法少女で、プフレが斬り殺されかけた時に横から跳び出して彼女の命を救った……名前が思い出せない。

「覚えていただけているかな？　私はプフレで彼女はシャドウゲール」

そうだ。プフレとシャドウゲールだった。

「お願いがあって来たのだけれど、聞いてもらえるかい？」

「パーティーの枠を超えて協力するという話だったはずアル。そのお願いが生還に繋がるものであれば聞かない理由がないアルよ」

のっこちゃんは@娘々を見た。眉宇《びう》には力と決意がこめられている。しっかりとしてくれたのはありがたいが、意味もわからず急に変わられると、それはそれで不安になる。

「ディティック・ベルのチームが未だ縄張りを主張しているらしくてね。狩場に近寄っただけで全長三十メートルのチェルナー・マウスに脅かされるらしい」

マジカルキャンディーは、ゲーム内でなにをするにも必要となる。ゲームクリアを目指すためには当然多く集める必要がある。だが、それを奪い合ってはクリアから遠ざかる。プレイヤーの結束が乱れている。乱れた結果、誰が得をするか。それはきっと……。

「なにを考えているアルか！　いがみ合ってる場合じゃないアルよ……！」

歯を噛み締める音がのっこちゃんにまで聞こえてきそうだ。

「止めるアル。ゲームクリアを目指すのに狩場の使用優先権なんてどうでもいいアルよ」

「うん、その通りだ。ただね、言葉で止めようとしても連中いうことを聞くまい」

「だからって命の奪い合いはもうごめんアル」

「そんなことはしない。したくないからね。だからこそ君達の力が必要になるんだ」

☆シャドウゲール

現在、開放されているエリアの中で最も新しいエリアは都市エリアである。都市といっても現在進行形で人間が住み暮らしているわけではもちろんない。いわゆるサイバーパンク的な未来都市という風情で、ケーブルやコードで見た目からゴチャゴチャしていて、入り組んだ作りはそれ以上にゴチャゴチャしている。荒野、平原、山岳に比べると狭いが、迷路のようになっていて、土地に慣れるまで時間がかかる。

ショップでは武器防具も取り扱っていた。今までのショップに比べてプラス修正が増し、+5になっている。シャドウゲールが+5の武器を購入し、インストール後呼び出すとレンチが出てきた。試しに振ってみると恐ろしくしっくりときた。あきらかにプレイヤーが想定されている。掌で転がされている感じが拭いきれない。

出現モンスターはガードロボット。ロボットアニメに出てきた人型ロボットに似ている。図鑑によると、アタッカー、ディフェンサー、シューター、ジェネラルの四種類。電撃、小型ミサイル、体当たり、等を用いて攻撃してくる。小鬼や骸骨に比べると相当に強い。

強いだけにドロップキャンディーの数も多く、さらに百体に一体くらいの割合でレアなアイテムを落とす。アームパーツ、レッグパーツ、ボディパーツ、ヘッドパーツ等々で、これらのパーツはショップで高価買取をしてくれる。単に高く売れるアイテムという以上の意味はない……シャドウゲール以外のプレイヤーにとっては。

シャドウゲールの魔法は「改造」だ。レンチと鋏《はさみ》を使ってトンテンカンと物を改良することができる。テレビの映りを良くしたり、車の燃費を良くしたり、パソコンの容量を増やしたり、そういった地味ながら嬉しいことに魔法を使ってきた。

今、シャドウゲールは必死で両手を動かしていた。各種パーツを材料にしてプフレの車椅子の「改造」を行っている。パーツは他のパーティーに頼んで集めてもらっている。チェルナー・マウスとの決闘を表明すると、皆、快く協力してくれた。どれだけあのパーティーが嫌われているかよくわかる。@娘々には素材集め以外にも搬送を頼んである。改造後の車椅子は、無茶な改造のせいで機動力は大幅に低下、さらに稼働可能時間はごく短くなるため、移動の分を節約できるだけでもありがたい。

パーツはどんどんと積み重なっていく。使っても使っても無くなることはない。そしてシャドウゲールの仕事に終わりも見えない。

プフレは魔法の端末を操作していた。なにかを読んでいるらしい。

「あの……」

「どうした護《まもり》」

「いつまでやればいいんでしょうか……」

「満足するまでだ」

誰がどう満足すればいいのだろう。聞いても答えてもらえる気がしない。

「一つ、いいでしょうか……」

「なんだい」

「作業をしながら色々と考えてみたんですが」

「意外に器用な真似をするね」

「マスクド・ワンダーを殺したっていう犯人についてなんですけど」

「ほう」

「@娘々じゃないかなと思うんです」

けっこうすごいことをいったんじゃないか、と自分では思っていた。だが案に反し、プフレは涼しい顔で魔法の端末を操作し続けている。シャドウゲールはむっとして作業に戻った。数分ほど作業を続け、先に口を開いたのはプフレだった。

「護は……誰かを疑う時は根拠を必要とするんだろう？　私とは違うタイプだ」

大抵の人間はプフレと違うタイプだろう。あそこまで傲慢になるには才能が必要だ。

「まあ、そうです」

「なにをもって@娘々が犯人だと思ったのかいってみたまえ。聞いてあげよう」

「広場で侍と戦った時に岩を出して戦っていましたよね」

「そうだね。なかなか便利そうな魔法だった」

札から岩を出したり、ビルを出したりしていた。出したビルを札に引っこめてもいた。ビル、岩ともにゲームの中でよく見てきたものだ。札に物を封じる魔法、というところではないだろうか。

「で、マジカル・ワンダーは岩で頭を潰されていましたよね」

「……それが根拠？　@娘々が岩を使っていたから？　それだけ？」

「当然それだけじゃありません。それはあくまでも疑わしい要素の一つというだけで」

「ほう。なら本丸は？」

「コインです」

レンチを回し、鋏で断ち切った。原理理屈で改造しているわけではないため、自分の行っている行為一つ一つにどの程度の意味があるかもわからないでやっている。

「@娘々は巨大な廃ビル一つを札にしていました。あれだけの無茶がやれるなら、データそのものを魔法の端末を介さず札に封じるというウルトラCをやってのけるかもしれません。魔法の端末にインストールすることなく持ち歩けるのではないでしょうか」

魔法少女の魔法は原理原則を無視する。シャドウゲールがガードロボットのレアドロップを売却意外の用途で使用しているように。

「もし彼女以外が犯人だとしたら、魔法の端末を介さずにコインを持ち歩いた方法がわかりません。つまり、彼女が犯人なのではないかと思いました」

小学生の感想文のように締めた。プフレを見ると、魔法の端末から目を離していない。

「悪くない推理だね」

「でしょう」

「ひょっとすると私は護を見損《みそこ》なっていたのかもしれない」

どんな人間だと思われていたのだろうか。

☆ディティック・ベル

魔法少女として活動していれば、自分自身を筆頭に、不思議なもの、怪奇なものに触れる機会は数多い。だがここまで現実離れした光景を見る者は、そうはいない。

数キロ離れているはずだが、それでも戦火が飛び火しそうで安心できなかった。少し動くだけでも音と土煙がすごい。全長三十メートルのチェルナー・マウスと全高三十メートルの……なんといえばいいのだろう？　一見蟹《かに》のように見える。もちろん蟹ではない。全部機械でできている。プフレは確か十脚戦車といっていたか。

地響きと土煙を立ててチェルナー・マウスが走る。掴みかかり、十脚戦車が受け止める。組み合った時の音と衝撃がここまで響いてくる。

二本の腕と二本の脚でギリギリと押し合い、その隙を突いて残り八本の内一本の脚が、チェルナー・マウスの脇腹を攻撃する。均衡《きんこう》が崩れ、チェルナー・マウスが押し倒された。土煙で見えなくなるが、ごろごろと転がってチェルナー・マウスが離脱する。途中にあった廃ビルは、倒され、砕かれ、チェルナー・マウスの巨体で見るも無残に押し潰された。

チェルナー・マウスが離れても十脚戦車は追いかけようとしなかった。その場に留まり、蟹でいう目に相当する出っ張った箇所をきらっと光らせると、前方で爆発が起こった。レーザーを発射したのだ。チェルナー・マウスが吹き飛ばされ、さらにごろごろと転がっていく。ビルが三本巻きこまれて倒壊し、戦車の陰になってこちらからは見えなくなった。

遠く離れたビルの上から眺めていても破壊規模の大きさが見て取れる。メルヴィルは右目をかすかに眇《すが》めている。ラピス・ラズリーヌはチェルナー・マウスが攻撃を受ける度に悲鳴をあげて大変うるさい。

戦いの趨勢《すうせい》は見えてきた。十脚戦車が押している。攻撃手段の数で勝り、動きも素早く、飛び道具も備えている。あのチェルナー・マウスに勝てる魔法少女など想像もしていなかったが、このままでは敗北するだろう。

メルヴィルとラズリーヌは負けてほしくないようだが、ディティック・ベルは負けてもいい、負けるべきかもしれない、とさえ思っている。

申し出があったのは今朝のことだった。


「生命のやり取りを抜きにした決闘を申しこみたい」

朝食をとっているディティック・ベルのパーティーを訪ねてきたのは車椅子の魔法少女と黒いナース……プフレとシャドウゲールの二人だった。開口一番決闘の申しこみで、頭の中にはクエスチョンマークがいっぱいに広がったが、続く言葉で意図を理解できた。

「こちらが勝ったら狩場の占拠をやめてほしい。君達の行為は武力を背景にしている。我々がそれ以上に強いとわかれば問題なくやめてもらえるだろう？　そこのメルヴィル女史もいってたじゃあないか。強い者が一番偉いのだ、と」

返事は後でする、と約束し、とりあえずその場は帰ってもらった。ディティック・ベルにも他パーティーの前で言い争いをしないだけの分別はある。

「狩場から他のパーティーを締め出しているというのは本当？」

「ホントだよ」

チェルナー・マウスには全く悪びれた様子がない。

「なんでそんなことをしてるの。皆で協力しなきゃならないっていったはずでしょう」

「そんなの知らないもん」

次エリアへの門を開放するためには都市エリアの総合警備本部前の事務所に入らなければならず、それにはパスワードが必要となる。それについて他のパーティーと話し合おうとしたのだが、相手の反応は芳しいものではなく、ろくに話すことができなかった。

その原因が今わかった。

「知らないもんじゃないでしょう。今からでもいい。謝ってきなさい。なんだったらお土産でも持っていって」

「やだよ。チェルナー悪いことしてないもん。決闘でもやっつけてやるんだ」

話にならない。力でいうことを聞かせられる相手でもない。ラズリーヌは「喧嘩はよくないっすよねぇ」としたり顔で腕を組んで頷いていた。こいつは役に立たない。ディティック・ベルはメルヴィルに向き直った。

「やめさせて」

「でぎねびょん」

メルヴィルはふっと目を伏せた。睫《まつげ》が風にそよいでいる。

そうだ。チェルナー・マウスが自分の判断で勝手にやるわけはない。チェルナー・マウスはいつだってメルヴィルのいうことを聞く。

「いったでねぇか。悪ぃやつがいんだってよ。しっだけ無理だなあ。わがんねな」

「悪人が混じっているかもしれないのに協力などできない、とメルっちはいってるっすね」

「そんなこといったら」

そんなことをいったら、このパーティーに悪いやつがいない保証もない……だがそれはいえない。いってはならないことだ。

ディティック・ベルは唇を噛んだ。薄っすら血の味がした。

チェルナー・マウスの魔法は「大きくなる」というシンプルなものだ。シンプルでありながら強い。大きい相手から攻撃を受ければ痛い。大きい相手に攻撃を当てても効かない。モンスターとの戦いでは圧倒的な強さを見せ、正直、チェルナー・マウスが一匹……もとい一人いれば事足りる。

さらに今回、相手が指定した場所は荒野だ。チェルナー・マウスが最も得意とする開けた場所だ。だだっ広く、ビルが点在しているだけで邪魔にはならない。

ディティック・ベルの制止を聞かず、チェルナーが決闘を了承して一時間後。チェルナーはすでに巨大化し、相手を待っている。ディティック・ベル、メルヴィル、ラズリーヌの三人は離れたビルの上から見ていた。

　荒野を戦場にして、誰がこの怪物を相手にできるのか、と考えていると、決闘の場に@娘々がてくてくとやってきた。彼女が戦うのか。確かに強かったけれど厳しいんじゃないか、と思えばさにあらず、札を投げ、走り去り、ひらひらと舞い降りた札が、ぼんっと爆発し、煙が晴れると巨大な機械の蟹がそこにいた。

　胴体部分は丸い。目に相当する部分が光っているのはセンサーかなにかだろうか。層になっている縁を見るに、何枚かの装甲板を重ねているようで、その重厚さが鈍重《どんじゅう》な印象も与えていたが、胴体から生えた十本の脚は小刻みに素早く動いた。

　一本の脚に二つの関節。脚の先は尖っている。前面が装甲のような厚い金属板に覆われ、動く度、ウィーガシャン、ガチャン、ガチャン、と機械的な音を鳴らし、全身は黒くメタリックに輝いていた。角張ったところがなく、全体的に丸い。本物の蟹とは違い、鋏に相当する部分はなく、脚の数はともかく形的には蜘蛛《くも》のようでもある。

大きさはチェルナー・マウスと同等、重量はそれ以上かもしれない。とにかくでかい。

プフレを背負ったシャドウゲールが脚を駆け上がり、蟹胴体部分の蓋を開け、文字通りプフレを蹴りこみ、蓋を閉めて駆け下りていった。

「それでは決闘開始といこうか」

スピーカーを通しているからだろう、声は大きかったが間違いなくプフレのものだ。チェルナー・マウスが驚きながらも怯まず組みついていき、決闘が始まった。


チェルナー・マウスは劣勢だ。苦境に立たされている。このままでは勝てない。ディティック・ベルとしては、正直、負けてほしい。協力しようといい始めたディティック・ベルのパーティーが非協力的では羊頭狗肉もいいところだ。これで負けてくれれば、他のパーティーの溜飲《りゅういん》も下がり、付き合いやすくなるだろう。

蟹の目が再び光った。爆発が起こる。チェルナー・マウスは吹き飛ばされた。ぶるぶると身体を震わせている。

瘧《おこり》のように全身を震わせ、姿勢を低くし、腕を目の前で交差した。攻撃から身を守っているように見える。打たれ続けるのを嫌ったその姿は痛々しい。

「やめさせよう。もうチェルナーの負けだよ」

メルヴィルを見ると涼しい顔を戦場へ向けていた。

「このままだと最悪チェルナーが殺されるよ。向こうは殺し合いをしないといっていたけど、はずみってものがある」

「耳ぃ閉じれ」

チェルナー・マウスが大地に足を広げ、同時に腰を上げ、肘を曲げたままで腕を大きく開いた。顔の三分の一が口で埋まるほどに大きく開き、喉を震わせた。

吠えた。重そうな戦車がぐらつき、よろめき、仰《の》け反《ぞ》り、地面に爪を食いこませて耐えている。近くにあったビルが砕けて折れた。土煙が吹き飛んだ。

ディティック・ベルは、チェルナー・マウスが吠える直前、耳を塞ぎ口を開けて地面に伏せた。大音響であらゆるものがビリビリと震える。吠え、猛《たけ》っている。今までにないことだ。チェルナー・マウスは両手を前につき、前傾姿勢で十脚戦車に頭を向けた。

ディティック・ベルは目を擦《こす》った。なにかがおかしい。足を止めているはずのチェルナー・マウスが近づいているように見える。

蟹の目が光り、またビームが着弾した。だがさっきまでの爆発よりもはるかに小さい。すでに黒く煤《すす》けているチェルナー・マウスの着ぐるみに、また一つ小さな黒ずみを作った程度の爆発で、チェルナー・マウスは小揺るぎもしない。

ディティック・ベルは気がついた。チェルナー・マウスが近づいているのではない。爆発が小さくなったのでもない。チェルナー・マウスが大きくなっている。すでに蟹の二倍……二倍半……三倍……まだ大きくなる。蟹の胴体から直径二メートルほどの黒い球体が発射された。はるか後方に射出され、着地、転々と転がっていく。なんだろう、と思う前にチェルナー・マウスが半歩で距離を詰め、蟹の胴体を踏み潰した。

ディティック・ベルは天を仰《あお》いだ。

☆ペチカ

騙されていた。ゲーム内で死ねば現実でも死ぬ。だがもう逃げられない。ゲームを続けるしかない。それ以外にやれることがない。

都市エリアの次は地底エリアだった。門を抜けると小部屋に出、床の蓋を開いて中に入れば、そこはもう地底の世界。人工のダンジョン的な地下世界ではなく、鍾乳洞《しょうにゅうどう》のような天然の洞窟《どうくつ》だ。床も含め湿っていて滑りやすく、ペチカは右足を高く上げてすっ転び、助けてくれようとした那子もろともに再び転倒し、強く腰を打って涙が出そうだった。

洞窟といってもけして狭くはない。むしろ広い。天井まではペチカ四人分くらいあるし、奥行きも道幅も、場所によってばらつきはあるが、相当なものだ。

ただ洞窟ということで肌寒い。そして湿っぽい。けして過ごしやすくはない。

プフレとチェルナー・マウスの二大怪獣大決戦は、チェルナー・マウスの勝利に終わった。脱出装置が働きプフレは一命を取り留めたものの、あれが無ければ当然の帰結として死んでいた。ペチカは途中から恐ろしくて見ていられなかったため、御世方那子《みよかたのなこ》とリオネッタから説明を受けて顛末《てんまつ》を知った。

プフレはよくやったと思う。プフレ以外の魔法少女ならチェルナー・マウスに牙も立たず蹴散らされて終わっていた。パーツを集めるのは苦労したが、それでもプフレを責める者はいなかった。よくやった、頑張ったと労いの言葉をかけ、解散した。ディティック・ベルのパーティーを止めることはできなかったが、一矢報《いっしむく》いるくらいはできたと思う。

翌日、地底エリアが開放された。都市エリアの開放イベントである暗号文をプフレが解読したのだという。対チェルナー・マウスのために準備をしながら、プフレは開放イベントも同時にこなしていた。もう誰も彼女を労おうとはしなかった。


ペチカと那子の探索班は、戦闘班と行動を共にすることになった。

探索班が役に立たないから、というわけではない。開放イベントを一度もクリアしてはいないが、一般イベントをこなしてアイテムやキャンディーを手に入れることはあった。ごく単純に戦力を分散させるのが苦しくなったからだ。地底エリアの敵は強く、リオネッタとクランテイルのチームはともかく、ペチカという足手まといを抱えた那子が戦うには少しばかり苦しかった。都市エリアで購入した武器は、頑丈で使いやすくはあったが、武器の強さだけでどうにかなるというものではない。

　この案は特にリオネッタが推《お》した。ゲームクリアを目指すためには、本来ならプレイヤー全体の結束が必要になる。だが一部プレイヤーが結束を拒否している。それならせめてパーティーの結束を強力なものにしなくてはならないのだ。

　リオネッタは熱く語り、クランテイルの首を縦に振らせ、ささっとペチカに近寄り耳元で囁いた。

「心配は要りません。ペチカさんは私が守りますわ」

　それを御世方那子が見咎《みとが》める。

「なーにくっついてるデスか？」

「貴女には関係ありませんもの」

「ペチカはワタシと同じ探索班だった同士、いわば姉妹も同然デース」

「どこの国の理屈ですの、それ？」

　相変わらず仲が悪くギスギスしている。皆、自分が死ぬかもしれないことを知って苛立《いらだ》っている。ゲームなんてしたくもないのに、それ以外できなくてもどかしく思っている。それでも前よりマシに思えるのは、ペチカの存在意義を認めてもらっているからかもしれない。一日三回の食事の時間、ペチカは主役になれる。食事の時間でなくとも、食事の時間に主役でいるペチカを重んじてもらえる。リオネッタは一匙《ひとさじ》ごとに頬に手を当て、御世方那子は英語混じりで褒めちぎる。二人に喜んでもらえて、ペチカにもやる気が出てくる。

地底の通路を歩くと、稀にドーム状の開けた場所に出る。そこではドラゴンが出現する。ドラゴンといっても体長二メートル、翼長《よくちょう》四メートルほどのサイズだ。ファンタジーに出てくるドラゴンを想像してください、といわれて出てくる一般的なドラゴン像よりはかなり小さい。とはいえ戦う方にとっては、けして優しい相手ではなかった。

クランテイルの尻から半透明の糸が放射され、ドラゴンの翼を搦《から》め捕《と》った。文字通り化鳥のような雄叫びを発し、ドラゴンが逃げようとクランテイルを引きずって暴れる。クランテイルは蜘蛛の八本脚を岩にかけ、逃がすまいと踏ん張った。二つの力と力が拮抗《きっこう》し、お互いの動きが止まったタイミングを見計らってリオネッタが飛び、右腕を長々伸ばして鉤爪《かぎつめ》を振るう。硬い鱗《うろこ》もろともにドラゴンの首筋を引き裂いた。青色の鱗がバラバラと落ち、続いて赤い血液が派手にしぶく。

地底エリアで戦うようになってから、クランテイルは巨大な蜘蛛の下半身をとることが多くなった。黄色と黒の模様が毒々しく、カサカサ動く脚も、大きな腹も、身の毛がよだつ恐ろしさで、近寄るだけで倒れそうになる。いつもの鹿やポニーが可愛くていいのにな、とペチカは思うが、滑りやすい地下では蹄《ひづめ》のある動物より蜘蛛の方が具合がいいらしい。

ドラゴンが空中から落下、地響きとともに地面へ倒れ伏す。二人は落ちたドラゴンにとどめを刺すと、装備を変更。御世方那子が牽制していた一匹に向かい、今度は三人がかりでやっつけた。最後の一匹はドラゴン同士で空中戦を演じていたが、魔法少女三人がそちらに向かって均衡は崩れ、あっけなく倒された。

戦闘に参加していないペチカはともかく、全員無傷ではいられない。ペチカのアイテム欄を埋め尽くしていた回復薬を用いて傷を癒《いや》す。ことに重傷を負っていたのは、那子の使役獣であるドラゴンだった。

あれだけ可愛がられていたペットの小鬼は、ドラゴンを倒してすぐお役御免となった。今ではドラゴンがリボンで飾りつけられている。小鬼はお役御免となり、逃げようとしたが、背後からドラゴンの一撃を受けて打ち倒された。那子はそれを見て、

「オー！　ストローング！　パワフー！　キュート！」

と喜んでいた。ついさっきまで可愛がっていた小鬼への愛着はないらしい。大陸的な合理性とでもいうのだろうか。ペチカにはよくわからない。

ドラゴンを求めて歩き、良さそうな場所を見つけるとチェルナー・マウスに追い払われ、そこから離れてドラゴンを求め、倒し、キャンディーとレアドロップを集め、集めたキャンディーで回復アイテムとその他アイテムを購入する。地底エリアの街にはお守りが売っていて、赤いお守りなら炎属性の敵に強くなる、といった効果があり、ドラゴンの種類によって使い分けるという細かなテクニックも必要になる。

探索は放棄していた。四人で行動しなければならないとなると、探索より狩りに専念し

た方が効率がいい。どうせ他のパーティーがエリアを開放するんだろうという他人任せな考えがある。誰も口にはしないが、きっとある。少なくともペチカにはある。

ゲームクリアを目指すのは他のプレイヤーに任せ、良い狩場を占領する者がいるため協力しようという気にもならず、なにもしないよりはマシだろうと消極的な理由でキャンディーを集めている。

「なにもしないよりはマシ」の「なにもしない」にカテゴライズされる者がいるとすればペチカだ。アイテムの運搬役としてしか活躍していない。だが文句は出ない。文句どころか厚遇されている。皆は食事を心待ちにしてくれ、食事の時間が近くなると雰囲気が明るくなる。「R」で食器を手に入れたことで作ることができる料理のバリエーションも増し、美味しい、美味しい、と喜んでくれる。

——これでいい。このままなにも起こらなければ。これでいい……これで……。

そんな時、魔法の端末が着信音を鳴らし、ログアウト直前の強制移動時間が来たことを伝えた。

☆のっこちゃん

三日が経過し、魔法少女達は再び荒野の街に集められた。広場の雰囲気は悪い。プフレがチェルナー・マウスに敗れ、ディティック・ベルのパーティーは我が世の春を謳歌《おうか》している……というわけではないようだ。ディティック・ベルは一人だけパーティーから距離を置いている。上手くいっていないのかもしれない。

プフレは車椅子を失っていた。十脚戦車はプフレの車椅子を改造したと聞いた。あれを壊されたということは、つまり車椅子を失ったということなのだろう。だが元気そうではあった。シャドウゲールにおぶわれ、二人でなにかを話している。地底エリアを開放したのもプフレということで、あれだけの兵器を準備しながらエリア開放も並行してやってのけるという辣腕《らつわん》ぶりが空恐ろしくなる。

クランテイルのパーティーは……御世方那子とリオネッタが喧嘩をしていた。内容までは聞こえてこないが、口汚く罵っているのであろうことは、掴み合い寸前といった様子を見ただけでも容易に想像できる。クランテイルとペチカはなにも起きていないかのように、二人の喧嘩を見てもいない。

@娘々はあれ以来、多少は元気を取り戻してくれたように見える。相変わらずジェノサイ子が姿を見せることはないが、それでも生きているようではある、というだけで救いになった。ディティック・ベルのパーティーからもたらされた夢ノ島《ゆめのしま》ジェノサイ子目撃情報は、不確かであやふやではあったが、一掴みの藁《わら》くらいの意味はあった。「夢ノ島さんにもきっとなにか理由があるはずアル」と話す@娘々は、悲嘆《ひたん》に暮れていた時とは違い、生き生きとしている。

地底エリアのモンスターは強く、のっこちゃんは、攻撃属性変更のお守りを持ち、モップ+5を装備していてさえ大苦戦したが、@娘々は召喚と体術でモンスターを圧倒し、なんとか二人きりのパーティーでもここまで凌げた。

と、のっこちゃんは一つ思いついた。二人と二人。プフレのパーティーと合流し、一つのパーティーを作れば……そこまで考えてからジェノサイ子のことを思い出して打ち消した。彼女は生きている。いなくてもいなかったことにはできない。パーティーから削除する？　無理だ。あれだけジェノサイ子に固執していた@娘々が納得するわけもなかった。

広場中央の噴水には誰の物とも知れない魔法の端末が上向けに据えられていた。これもまた見慣れたものだ。見慣れたくはなかったが。

しばらく待つと端末の電源が入り、立体映像が浮かび上がった。

「皆さんお集まりいただきありがとうございますぽん」

前回散々に罵声《ばせい》を浴びたファルは、まるでそんなことは夢幻《ゆめまぼろし》であるかのように、前と同じく、感情を表に出さず、ただ浮かんでいた。もう罵声を浴びせようという者もいない。建設的ではない、前向きとはいい難い、なんの解決にもならない、といったこと以前に、無気力になってきている気がする。

「今日は一斉ログアウト日となっておりますぽん。日没と同時に一斉にログアウト。実時間で三日間のメンテナンスを挟んで再ログインという手筈は前回と同じですぽん」

ファルはくるりと縦に回転した。金色のリンプンが広がった。

「今回もまた前ログアウト時と同じくランダムに特別イベントが発生しますぽん。今回のイベントは……」

ファルの声が途切れた。皆、続きを待っているが、ファルは黙ったまま動かない。前回のイベントではプフレが圧倒的な勝利を収めた。今回はどんなイベントが起こるのだろう。ファルの画像が縮み、広がり、ノイズが走り、乱れている。ファルには表情がなく、なのに不思議と苦しんでいるように見えた。

「……皆さん、魔法の端末のマジカルキャンディー数をチェックしてくださいぽん」

魔法の端末をチェックする。キャンディー総数２６５１。二人パーティーということで分ける人数こそ少ないが、モンスター退治の効率もきっと四人パーティーに劣るはずだ。回復薬、モンスター図鑑、攻撃属性変更のお守り、通行証、各人の武器、テレポーターと最低限度のアイテムを購入しただけだが、それでも他のパーティーに比べて多くはないのではないだろうか。

「今から十五分後、最もキャンディー所持数の少ないプレイヤーが一人、死亡しますぽん」

広場が、しん、と静まり返った。数秒の間を置き、激しい怒号、罵声が飛び交った。

またもや御世方那子とリオネッタがやり合っている。

「だから『R』なんかに無駄使いをするなと！」

「ご飯バクバク食べておいしーおいしーいってたのは誰デスカー⁉」

パーティーメンバーに止める気配はない。他のパーティーは止めるどころではなくファルに食ってかかっている。ファルは同じ事を繰り返すだけだ。

「今から変更することはできませんぽん。ご了承くださいぽん。もう一度繰り返しますぽん。十五分後、最もキャンディー所持数の少ないプレイヤーが、一人、死亡しますぽん。最もキャンディー所持数の少ないプレイヤーが、一人、死亡しますぽん」

のっこちゃんは考えた。キャンディーは譲渡《じょうと》することができる。逆にいただくこともできる。つまり奪うことができる。十五分という時間の設定。これは強い者が弱い者からキャンディーを奪う猶予《ゆうよ》の時間なのではないだろうか。

周囲を見回す。罵り合っている者も含め、基本、パーティーの中で話し合っている。もし奪い合いになるとしても、パーティーの外から奪うことになるのではないか。ならば数で劣るのっこちゃん達はまずい立場に置かれる。

ぞっとした。そして慌てて打ち消した。そんなことが起こるわけないと楽観的に目を瞑ったのではない。のっこちゃんのぞっとした思いが伝播してしまわないようにしたのだ。

奪い合いが推奨されているという隠れた事実に気づいている者が何人いるだろう。まだ誰も気づかない内に行動を起こすべきか、とも思う。ププレのパーティーも二人、しかもププレは武器を失いシャドウゲールに背負われている。

　ププレのパーティーに目をやると、ププレがファルと相対していた。

「ファル」

　これだけの喧騒の中でもププレの声はよく通る。離れた場所にいるのっこちゃんにもププレがなにを質問しているかは聞こえた。

「キャンディー所持数の少ないプレイヤーが一人、ということだが。複数いた場合はどうなる？　ランダムに一人が選定される？　それとも複数人が一度に死ぬのか？」

　ファルは一呼吸を置き、

「所持数の少ないプレイヤーが複数いた場合、誰も選ばれませんぽん。死亡者ゼロでイベントを終了させていただきますぽん」

　ププレはそれを聞き、意地悪そうな笑みを浮かべた。

「一人、の部分に気づいてもらえてほっとしているかい？」

　ファルはププレに構わず繰り返しアナウンスをした。

「繰り返しますぽん。所持数の少ないプレイヤーが複数いた場合、誰も選ばれませんぽん。死亡者ゼロでイベントを終了させていただきますぽん」

　どよめきのようなものがあった。

「つまり全員のキャンディーを一時的に同数にすればいいってことアルね？」

「えー。チェルナーはキャンディー減るのやだなー」

「イベントが終わってから全員元の数に戻せばいいさ。それは許されるんだろう？」

「もちろんですぽん。イベントが終わればキャンディー所持数の多寡《たか》はそれ以上の意味を持ちませんぽん」

「全員0にしちゃうのがわかりやすいっすかね？」

「買い物で0にする？　マジカルキャンディーを全部捨てる？　どっちもお断りですわ」

「誰かの魔法の端末に全部集めちゃうとかどうデス？」

「持ってげったらどうすんだ。今全員のキャンディーあっぱってよぎやついね」

「メルっちは『持ち逃げされたら困るでしょう。今全員のキャンディーを預けられる立場の人なんていませんよ』といってるっす。端末の外に出しちゃうってのはどうっすか？」

「えー、マジカルキャンディーはあくまで数字でしかないアイテムですぽん。魔法の端末の外に出すことはできないのでご注意くださいぽん」

「なら全員の平均値を出してそこに合わせるというのはいかがでしょうか」

「それでいこう。全員キャンディーの数を申告したまえ。多くも少なくもない、そのままの数を正直に申告するように。それと隣の人間の端末を見ておくのも忘れずに」

おまけのように付け足された一言「隣の人間の端末も見ておけ」という言葉が、隠されていた悪意を表に出したような気がした。それでも奪い奪われることがなくてほっとした。痛罵《つうば》も怒号も悲嘆も消え、皆、粛々《しゅくしゅく》と動き始めた。のっこちゃんが感情を動かすまでもない。魔法少女は現実的で実用的だ。ファンタジックな魔法を使い、ゲームの中で殺したり殺されたりを強要されていても変わらない。いつでも、どこでも、どんな魔法少女でも、良い手段が示されれば一致協力してそこへ向かう。

キャンディー所持数が申告され、プフレが暗算で平均値を算出、三余る計算だったがプフレが一人多く預かるということになった。最終的に最低ラインが複数いればいいのだ。

意外だったのは、@娘々とのっこちゃんのキャンディーが平均値から見て多い方だったことだ。二人は狩場を争う他パーティーと違って積極的にモンスターを狩っていないし、他に使い道といえば「R」くらいしかない。それともイベントかなにかでキャンディーを要求されることがあるのだろうか。

@娘々がジェノサイ子の端末も取り出した。ジェノサイ子の端末にあるキャンディーの数は変わらず、開放イベントクリア時のままで、モンスターが落とすキャンディーの数が多くなった今では、所有キャンディー数もかなり少ない方だ。のっこちゃんもジェノサイ子の端末操作に協力し、他の魔法少女とキャンディーを足したり引いたりしていく。

魔法の端末を操作する音だけが広場を満たす。魔法少女達が噴水を囲んでぐるりと円になってお互いにキャンディーをやり取りしつつ、周囲でおかしなことをしている者がいないか監視し合う。ほどなくしてキャンディーの数は平たくなり、プフレ以外の全員が最低値になった。ファルがいっていた締め切り時間まで、残り三分半。シャドウゲールに背負われたプフレが全員の魔法の端末を見て回り、遺漏がないことを認めて「オッケーだ！」とサムズアップした。

魔法の端末の操作音は消え、隣同士で雑談をする者も出てくる。プフレは「隣の人間の端末は絶えずチェックするように！」と触れていたが、それでも空気は弛緩《しかん》した。のっこちゃんは隣の@娘々を見上げた。目が合った。

「よかったアルね」

「……うん。よかったね」

全員の端末がピーッと発信音を奏でた。時間が来たのだ。ファルは宣言した。

「一番キャンディー所持数が少なかったのは……え？」

がしゃんと魔法の端末が地面で跳ねた。持ち主がそれに続いて仰向けに倒れた。倒れる様がなぜかゆっくりとしていて、袖が舞い、髪が流れ、倒れた拍子にひまわりの種が飛び散る様子まではっきりと見えた。

魔法の端末が所有者の身体にぶつかって倒れ、顔の脇で止まった。横顔が魔法の端末の光りに照らされている。なにか起きたのか理解していないぼんやりとした表情だった。

「一番少なかったのは……チェルナー・マウス……です、ぽん」

マスターサイド　その四

「もう限界ぽん。死人が出てるぽん。これ以上はやらせないぽん」

　ファルの声はいよいよ緊迫し、

「なんでー？　ここからが本番って感じじゃないのー？」

　少女の声はよりゆるくなっていた。少女は右手を眼鏡から離し、パチンと指をスナップすると、モニターの映像が切り替わった。

　部屋の床、壁、天井を覆う無数のモニターには魔法少女達が映し出されている。倒れたチェルナー・マウス。ビルに押し潰されたアカネ。頭部を破壊され、倒れたところに石を落とされたマスクド・ワンダー。胴体が消し飛ばされたマジカルデイジー。大きなモニターも小さなモニターも魔法少女の無残な死体を並べ、映していた。

　ファルは赤と黒のつぶらな瞳で順にモニターを睨みつけ、目を伏せ、立体映像の身体がぶれ、ノイズが走った。

「もうたくさ……だ……これ以上誰……殺すな……」

映像だけでなく音声にも耳障りなノイズが混じっていた。音が脈絡なく高くなり、低くなり、乱れている。少女は笑った。

「人聞きの悪いことというねー。あたしがいつ誰を殺したっていうのさ？　マジカルデイジーのは不幸な事故。後は勝手に殺し合い始めてくれちゃってるだけじゃん。あたしは舞台を整えてあげただけ、そこで仲良くするのもいがみ合うのもあの子ら次第」

ファルの身体からノイズが消え、伏せていた目を少女に向けた。

「お為《ため》ごかしぽん！　殺し合うよう仕向け、殺し合いの土壌を作ったのはマスターぽん！」

「だってこれはそういうテストじゃん？　こういうシチュでも傷つけ合ったりしない、一致団結して脱出に向かうのが正しい魔法少女のあり方でしょー？」

「だいたいマジカルデイジーだって……あんな序盤に飛び道具反射の敵を配置することに悪意がないわけないぽん！　あんなの事故じゃないぽん！」

「そんなのはファルの邪推《じゃすい》。マジカルデイジーは賢明さが足りなかっただけー」

地面に落ちたボールのように、ファルの体が平たく歪み、伸び、縮み、人工音声は苦悶にも似た声を発している。少女はファルの苦しみなど歯牙にもかけずにやついていた。

「……さっき『魔法の国』にメールを送ったぽん。今ここでなにが行われているのか、どの誰が殺し合いをさせているのか、全部報告したぽん」

ファルの言葉を聞き、少女は「ああそう」と返し、まだにやついていた。

第五章　大きな竜と中華な少女

☆ペチカ

チェルナー・マウスが倒れ、それからあったことを他人事のように見ていた。

誰かがチェルナー・マウスの魔法の端末を確認し、キャンディーの数が一少なくなっているとと叫んだ。チェックしていたプフレが責められ、それを誰かが庇《かば》い、弁護し、なにやらいい合っていた。皆が不安そうだった。大丈夫だとファルに保証してもらった方法をとり、それがなぜか失敗した。話し合い、怒鳴り合い、押しつけ合い、なにがどうだった、これがどうだった、主張し、論じ、それでも結論は出ず、ファルに尋ねてもなにがなにやらという態《てい》で話にもならない。

ディティック・ベルのパーティーがチェルナー・マウスを埋葬してくると広場を離れ、他のパーティーも三々五々散っていった。形にならない不安は胸の中に残り、理由もわからず命を奪われることがあるのだとペチカは思い知らされた。

ゲームの中に引きずりこまれ、死ぬかもしれないゲームを強要されたというだけでも頭がくらくらするのに、ゲームの中のルールさえあやふやで、どんな理由でどんな死に方をするのかまるでわからないのだ。

チェルナー・マウスが倒れてからおよそ二時間。現実に帰還する直前までリオネッタと御世方那子《みよかたのなこ》は罵り合い、クランテイルは苛立たしげに蹄を鳴らし、ペチカは空を見上げた。星も月も雲もない、ただ真っ暗な空だった。

ペチカがなにもない空を見上げているのを見てリオネッタと御世方那子も罵り合いをやめて上を見た。クランテイルが蹄を鳴らすのをやめ、同じく上を見た。

リオネッタが呟いた。

「狩りは、やりやすくなりますわね」

チェルナー・マウスは良い狩場を占領するための門番だった。彼女がいなくなれば、ペチカ達が良い狩場に入ろうと文句をいう者はいない。それどころか現在四人のメンバーが一人も欠けずに残っているパーティーはペチカ達だけで、なら一番戦力的に優れているのもペチカ達ということになるのではないだろうか。

そんなことを考えてしまった自分が悲しくなり、他のパーティーメンバーを見ると、口に出したリオネッタはもちろん、頷いている那子やクランテイルも同じことを考えているようで、もっと悲しくなった。

現実に戻ってきた智香《ちか》は、まず空を見上げた。上弦《じょうげん》の月は雲で三分の二が隠れ、星も暗灰色《あんかいしょく》の雲で覆われて光の一筋も見えなかったが、それでも夜空らしい夜空だった。無事に戻ってきて、この夜空を見られたことに感謝した。

朝起きてから顔を洗い、食事の前に仏壇で線香をあげて手を合わせた。こんな習慣は今までになかったし、そこまで信心深《しんじんぶか》いわけでもないが、他にすがれるものがなかった。弟には笑われ、両親には心配され、祖父からは感心だと褒められたが、そんな周囲の反応は右から左で、智香は一生懸命に手を合わせた。滑稽に見えることは承知の上で、それでも頼れるものなら藁にでもすがりつきたかった。

学校ではぼうっとしていることが多く、通学途中では電柱と衝突しかけた。授業中には先生から上の空であることを指摘され、周囲の失笑を買った。目立たないを身上にしていた智香が、笑いものになった。以前の智香ならそれで一週間はへこんでいたが、今はあまり気にならなかった。

油断するとゲームのことばかり考えている。それも次のエリア開放はどうやってとか、あそこのモンスターは狩りに最適とか、そういうクリアを目指すことではない。とにかく無事でいられますようにという願いが半分、もう半分はあっけなく死んでしまう自分を想像して嫌な気分に浸《ひた》っている。

読書クラブは三十分ほどで席を立ち、心配する友達に「大丈夫だから」と強がって笑顔を見せ、急いで家に帰りペチカに変身、庭の土を掘り返して鍋に叩きこみ、それをお弁当に変える。出汁巻き《だしま》卵、アスパラベーコン、タコさんウィンナー、ふりかけご飯、鳥のから揚《あ》げ、プチトマト、ほうれん草のおひたし。フルーツは別のタッパーに詰めた。

内容が少し子供っぽいような気がした。こういうお弁当なら食べてて楽しいんじゃないかな、という思いと智香の趣味に従い作ったらこうなってしまった。そういうサイトを見て研究すべきかもしれない。

着替えてグラウンドへ。途中、軽トラックに大根を積んでいたお爺さんを手伝う。感謝され、お礼には笑顔で応じ、心の中ではこんな時にまで人助けをしている自分を自嘲していた。これもまた現実逃避だ。

練習を見学し、その足で公園に向かう。すでにカラスが鳴き、夕暮れの紅色が目に眩しい時間帯だ。すぐに暗くなる。

二宮《にのみや》君が文字通り駆けつける。グラウンドにはナイター設備もあり、夜は闇を許さぬとばかりにピカピカと照明をつけて練習をする。その灯《あか》りで虫が集まり、時にはカブトムシやクワガタが来るとあって、夏には野球に興味のない子供やマニアが集まるのだそうだ。

二宮君は夜の練習に間に合うよう一生懸命に弁当を食べ、食べ終えるとペチカに向かって合掌し、感謝をこめて「ごちそうさまでした」と礼をする。ありがたく思ってくれるのは嬉しいが、少々気恥ずかしい。

　ペチカは二宮君が食べている間、同じベンチに腰掛け、人間二人分離れたところから彼のことを見ている。うっかり目が合ったりしてはずっと見ていたことがバレるかもしれないので、たまに目を外し、ちらちらと美味しそうに食べる二宮君を見続ける。

　ヒゲの剃り跡。たまにある剃り残し。同級生で、ペチカは自分のことをまだまだ子供だと思っていたのに、二宮君はもう大人の男の人と同じことをしている。逞しい胸の筋肉が上下するのに合わせて頬と顎が動く。頬にはうっすらとニキビの跡があって、そこはまだまだ中学生らしい。練習の後、ここまで走ってきたから汗をかいている。この距離だと汗の匂いが鼻をついて、赤い顔がより赤くなってしまう。勢いよく食べているけど箸《はし》はきちんと正しい持ち方で持っている。ちゃんとした家の子という感じでいいなあと思う。頬にご飯粒が張りつき、指摘しようか、こういうのはとってあげてもいいものだろうか、とってからひょいっと口に運んだりするのはさすがにまずいだろうけど、じゃあとってからティッシュに包んで捨てたりしたら感じ悪いんじゃないだろうか、などと悩んでいる間に二宮君は頬のご飯粒を指でとって口に入れた。

　一日目はこのようにして二宮君の顔や食べる仕草を観察し、あまり話はしなかった。ペチカから話しかけるなんて考えただけでも緊張するし、無心で頬張り、料理を楽しんでいる二宮君を煩《わずら》わせたくない。

しかし二日目以降は二宮君の方から話しかけてくれた。彼が意外と話好きであることはリサーチ済みの情報だ。最近バッティングの調子がいいこと、監督がたまに飼い犬を連れてきてそれが大型犬で顔も怖いこと、ナックルの練習をしていたら遊ぶなと怒られたこと、通学に使っていた自転車が壊れたので今は走って通っていること、そんなことをとても楽しそうに話してくれて、ペチカも楽しそうな二宮君を見ているととても嬉しかった。

二宮君は、そっちはどう？　と聞いてくれて、ペチカは答えに詰まった。

気がついた。ペチカは自分のことを話せない。魔法少女ですとはいえないし、とても理不尽なゲームを強制されていますともいえない。かといって智香として自己紹介することもできない。あなたと同じ学校に通っていますなどといっても、それは智香のことであってペチカではない。嘘ではなくとも嘘になる。学校中を捜しても美味しいお弁当を作ってくれるペチカはいないからだ。

いつも友達にお料理を作っているんだけど、美味しいといって食べてくれるよ、と答えた。二宮君は、そりゃそうだこの料理を美味しくないなんて人間じゃないものな、と笑っていた。ペチカも笑ったが、内心では沈んでいた。

三日目。今日が終われば、またゲームに呼び出される。そして三日間生き延びなければならない。嫌だ。泣きたい。へこたれたい。せめてここで事情を全てぶちまけたい。助けてもらうことはできなくても同情くらいはしてもらえる。

そんなことを思っていても、いえるわけがない。いえばそこで死ぬ。

ペチカは自分のことを話した。建原智香でもない、魔法少女ペチカでもない、近所の高校に通う、料理と野球観戦が好きな架空の少女のことを話した。料理はお母さんから教えてもらった。お母さんはペチカよりももっと料理が上手い。最近庭で猫が糞をしていくとお爺《じい》ちゃんが怒っていた。友達がバナナの皮で滑って転ぶという漫画のような失敗をやってのけた。カラオケで入れたナンバーが全然別の曲だったけど、偶然知っている曲だったから最後まで歌った。

架空の失敗談で二宮君は笑い、ペチカも悲しさや辛さを抑えて笑顔を浮かべた。

二宮君がお弁当を食べ終え、いつものようにペチカに合掌《がっしょう》し、弁当箱を返す。その受け渡しの時、小指と小指がかすかに触れた。二宮君は全然気にせず、それじゃ行ってきますと走っていった。

ペチカは小指の先を見つめ、指に手を当て、ぎゅっと握った。

☆シャドウゲール

庚江《かのえ》は物思いに耽《ふけ》ることが多くなった。正確には「ぼうっとして物思いに耽っていることを隠そうとしない」だ。それは今までにないことで、彼女の両親や兄も気にしている。なにか心配事でもあるのか？　と問われてもにっこり笑って「ご心配なく」という庚江はかえって心配された。護《まもり》も庚江について質問されたが、答えてみようがない。お宅のお嬢様は魔法少女をやっていて、今は敗北イコール死のゲームを強制されているところですよ、と教えられるものなら教えてやりたい。

庚江は今も何事かを考えている。それはそれでいい。護も考えたいことはたくさんある。だが護なら考える場所を選ぶ。なにかを考えたいなら自室を選ぶ。庚江のように他人の部屋を我が物顔で占拠したりはしない。盆にワインとクラッカーを載せ、他人の学習机で飲んだり食べたりしない。クラッカーを机の上に落として散らかしたりもしない。

護は立ち上がり、ブラインドを上げ、窓を開いた。夜の秋風は涼しいを通り越して少し肌寒い。部屋の中の蒸し暑さが外に逃げていき、外気が入りこんでくる。窓の外には青い芝生が広がり、夜も更けた今は紫がかった闇色に染まっていた。高い生垣が庭を囲み、虫の声が耳に心地よい。なんでも松虫を買ってきて放しているのだという。一匹数千円と聞いたが、大げさに話が伝わっているのだと思いたい。

護は窓から離れ、ベッドに戻って腰掛けた。庚江を見ると、未だ回転椅子の上で何事かを考えているようだ。せめて自室で考えてほしい。魚山《ととやま》一家は家族揃って人小路《ひとこうじ》家に住みこみで、護の部屋も人小路邸の内にあり、その一室となるわけで、庚江が自由に使っても文句をいいにくい。

　だがあの椅子は違う。あの椅子は家具の通販カタログで三万五千円も出して買ったヨーロッパ製だ。二十年三十年と使うつもりで、こつこつと貯めた金で護が買った素晴らしい座り心地の椅子だ。まごうことなき護の私物だ。たとえ人小路邸の中といっても庚江が占有する権利などないはずだ。

「せめて椅子だけでも返してもらえませんか？」

「護だってなにかしら考えているんだろう？」

　疑問を疑問で返された。だが考えているのはその通りだ。護も散々に頭を悩ませ、結局答えは見出せなかった。なにをどうすればチェルナー・マウスのキャンディーが少なくなるのか？　全くわからない。そもそも意味がわからない。

　前ログアウト日の最終イベントでチェルナー・マウスが死んだ。ディティック・ベルとメルヴィルがその場で蘇生を試みたものの、人工呼吸も心臓マッサージも効果はなく、回復薬を使用しても作用せず、彼女が甦《よみがえ》ることはなかった。死因は心臓麻痺《まひ》。

　ファルの説明したイベントのルールは、所持しているマジカルキャンディーが最も少ないプレイヤー一人が脱落するというものだった。条件は「最も少ない」と「一人」で、どちらが満たされていなくても脱落者にはならない。

　プフレは複数の最低数所持者がいれば脱落者が出ないのではないかと推測し、ファルはそれを認めた。二人以上、マジカルキャンディーの数が最も少ない魔法少女がいれば、脱落者も出ないままイベントを終えることができる。

全員協力してキャンディーの数を揃え、プフレが確認した。これでイベントをやり過ごすことができた、と思ったのも束の間、チェルナー・マウスが倒れ、彼女の名前がコールされた。チェルナー・マウスの魔法の端末を拾い上げて確認すると、表示されている数字は他の魔法少女のキャンディーに比べ、一、少なかった。

キャンディーの数をしっかりと確認していなかったのではないかとプフレに非難が集まりかけたが、複数人がそれを否定した。

プフレはチェルナー・マウスとの決闘で車椅子を失っていて、シャドウゲールに背負われ移動していた。キャンディーの数を確認するため、噴水を囲んで円を描いていた魔法少女達の周囲を回ったのは、実際にはプフレではなくシャドウゲールだ。シャドウゲールは歩くだけではなく、魔法の端末も見ていた。確かに全員同じ数字だった。一人だけ違っていて気づかないわけがない。

プフレの無実は他の魔法少女も証言した。妙な動きをする者がいないか、周囲の人間をお互いに見張るよう命じられた魔法少女達は、お互い信用できないからか、それともお互いを信用したいからか、きちんと目を配っていた。チェルナー・マウスの右隣はディティック・ベルで、左隣はメルヴィル。二人ともチェルナー・マウスの魔法の端末が自分と同じキャンディーの数を表示していたと認めた。

　ならば、なぜチェルナー・マウスは死んでしまった？　彼女の所持するマジカルキャンディーが、他者よりも1少なかった理由はなんだ？

　答えは出なかった。

　魔法の端末を操作すれば、キャンディーを移すことができる。だが全員のキャンディーを揃えた後でそんなことをすれば、電子音によって露見する。全員のキャンディーを揃える前なら可能ではある。キャンディーを揃えている間は、ピッピピッピと広場一帯電子音に満ちていた。だがその間にキャンディーの数をずらしても意味がない。その後でプフレとシャドウゲールがチェックをするし、両隣も確認する。数が違っていれば止められる。

　誰かが魔法によって魔法の端末を操作する？　それもできない。魔法の端末は物理的に叩き壊すことはできても、バラしてからなにかを仕込んだり仕掛けたりといったことができない。外部から魔法によって操ってやろうとしても壊れるだけだ。シャドウゲールがすでに身をもって実証している。

「チェルナー・マウスのキャンディーが……」

　思っていたことが口をついた。

　庚江は学習机の引き出しから数学のノートを取り出し、ペンのキャップを親指で飛ばしてさらさらと魔法少女の名前、所属するパーティー、使用する魔法を書いた。

「それ私のノート……私のペン……」
「ああ、使うよ」

・パーティーA
プフレ……高性能な車椅子
シャドウゲール……機械類を改造

・パーティーB
クランテイル……下半身が動物に変身
リオネッタ……人形を操る
御世方那子……動物と友達になる
ペチカ……美味しい料理を作る

・パーティーC（チェルナー・マウスの所属するパーティー）
ディティック・ベル……建物と会話。ゲーム内で使用不可（チェルナー・マウスの右隣）
メルヴィル……風景に溶けこむ（チェルナー・マウスの左隣）
ラピス・ラズリーヌ……宝石のある場所にテレポート

チェルナー・マウス……大きくなる（被害者）

・パーティーD

のっこちゃん……自分の感情を伝える

@娘々《あっとまーくにゃんにゃん》……物を札に閉じこめる

夢ノ島《ゆめのしま》ジェノサイ子……無敵のスーツ（端末のみ参加）

事後承諾《しょうだく》で書かれた内訳表は予想以上に情報が詳細だった。

「なんでこんなに詳しいんですか？　話したこともない人の魔法がありますけど」

「そりゃ狩りを担当していた護より、探索を担当していた私の方が知り合いは多かろうよ。広場での大立ち回りがあってすぐに聞いて回ったのさ。一応の下手人《げしゅにん》は侍の魔法少女ということになっていたけれど、私達が仲間を殺されアイテムを奪われた被害者であったことには変わりない。下手に隠して疑われたくないのは皆同じだろう」

そんなことをしていたのを今、初めて知った。

「これって信じられるんですか？」

「他のパーティーメンバーがいる場で聞いた。嘘を吐けばなにかしらの反応がある。なんで嘘を吐くのかと咎めたりしなくとも、不自然な動きがどこかで出る。ただしパーティーメンバーにまで魔法を偽《いつわ》っている者がいれば別だがね」

他のパーティーメンバーにまで魔法を偽っている者がいれば、それはつまり犯人だろう。

「犯人はわかったんですか？　この中にチェルナー・マウスのキャンディーを上下できる魔法の使い手がいる、とか」

「そんなのは知らないってそんな」

「知らないいよ」

「いったはずだ。私には証拠なんて必要ない。人物があればいい。このメモ書きは、あくまでも護への好意の表れだよ。私は機会や動機から犯人を割り出そうなんてしないが、護は違うんだろう？　だったらこれもきっと役に立つ」

庚江はノートを護に押しつけ、自分はベッドの脇に座っていたクマのぬいぐるみを抱えて椅子に座りなおした。物思いに耽っていたのはチェルナー・マウスのキャンディーを減らした方法や犯人を考えていたわけではないらしい。護は内心がっかりしたが、それを悟《さと》られないよう、しかつめらしい表情を作ってベッドに腰を下ろし、そのまま寝転んだ。

全員の魔法を把握し、ゲーム内のアイテムもそこに加え、その上でチェルナー・マウスの魔法の端末からキャンディーを抜く方法を考えてみる。思いつかない。というか無理だ。単純に破壊するならともかく、動作を思うままに操るなど不可能だ。表示を狂わせるのも電子音を消すのもやってやれるものではない。

強いて一番なんとかなりそうな者を挙げるとすれば、それはシャドウゲールだろう。機械を改造するという魔法は応用範囲が広く、魔法の端末の表示や電子音をいじれなくとも、思いもつかない方法を考え出してキャンディーを抜く、といったことができたのかもしれない。

だが護はシャドウゲールが犯人ではないことを知っている。自分はそんなことはしていない。

しかし、だ。護は自分のことだからわかっているが、他人は護のしたことなどわからない。動機についても「先日チェルナー・マウスと決闘して敗北した」という立派なものがある。誰かに疑われたらまずいのではないだろうか。

「私はやってない」

「そんなことは知っているよ」

庚江は、まあ、そういってくれるだろう。他人が聞けば単に身内を庇っているようにしか見えなくても弁護くらいはしてくれる。それが通るかどうかはともかくとして。

「大丈夫。疑われることもないさ」

「いや普通に考えて誰よりも疑われると思いますけど」

「私が君の魔法を『戦車の作成』だと伝えておいたからね」

ぎょっとして庚江を見ると、平然とした顔に見返された。

「だってそっちの方が疑われないだろう？」

「そもそもですね」

護はベッドから身体を起こした。

「マスクド・ワンダーを殺し、アイテムを奪った者もまだ見つかっていないんですよ」

「そうだねぇ」

マスクド・ワンダーが殺され、アイテムを強奪された。その中にあったミラクルコインは、誰の魔法の端末にも入っていなかったにもかかわらず、未だに誰かが持っている。アイテムの状態は「1（1）」から動かず、誰かの魔法の端末に入っているはずなのだ。

似ている気がする。ミラクルコインの件も、チェルナー・マウスの件も、どちらも本来ありえないことが起きていて、それに魔法の端末が関係している。

「……同一犯？」

「ありえるね」

動機はどうなっている？

マスクド・ワンダーの殺害は、恐らくはミラクルコインの強奪が目的だ。しかし希少とはいえ、どこまで役に立つかもあやふやなアイテム欲しさに誰かを殺すだろうか？　あの時点で生死のリンクは明かされていなかったにせよ、集められたのは正義の魔法少女達だ。

チェルナー・マウスについては……邪魔だった？　彼女は良い狩場に立ち入る他パーテ

ィーを追い出す役目を担っていた。ゲームをする上で障害になってもおかしくはない。

どちらも動機はゲームに関わっている。マスクド・ワンダーが殺された時はともかく、チェルナー・マウスの時は、すでに目的はゲームのプレイではなく脱出だった。ゲームプレイの延長線上に脱出があった。チェルナー・マウスのパーティーは利己的で自分勝手だったが、だからといって殺すほどではない。今後どんなイベントがあるかもわからないし、チェルナー・マウスでなければ倒せないモンスターが出てこないとも限らない。全長百メートル体重一万五千トンの魔王が出てくれれば、チェルナー・マウスが勝つか、チェルナー・マウスが負けるか、で全参加者の運命が決する。

それでもチェルナー・マウスにいなくなって欲しい誰か……いるだろうか？　それともチェルナー・マウスが狙われたというわけではなく、偶然チェルナー・マウスが死ぬことになった？　それとも——

「……今、とても考えたくないことを思いついたんですが、いいですか？」

「いってみたまえ」

「全部マスターの仕業」

「理由は？」

「ミラクルコインの強奪も、脱落イベントの妨害も、全部ゲームクリアを阻《はば》もうとしてのことじゃないかと思うんです。ゲームをクリアすれば脱出できるぞって希望をちらつかせておいて、秘かに邪魔をしてクリアさせない。そうやってガタガタ震える私達を見て笑ってるって考えられそうじゃないです？　マスターってゲームの世界に私達を連れこむとか、あきらかに魔法の傾向が機械とか電脳とかそういう方面でしょ？　ゲーム内ならきっとなんでもできるでしょうし、魔法の端末をいじったりとかもできるんじゃないでしょうか」

もしそうだとしたら絶望的だ。ゲームの主催者であり、同時に世界の管理者でもあるマスターが本気で妨害をすれば、プレイヤーサイドでは太刀打ちできない。マスターが嬲《なぶ》り殺しにしたいと思えば嬲り殺しにされるし、即死させたいと思えば即死させられる。

「マスターが犯人というのは考えなくてよいことだ」

「なぜです？」

「マスターがその気になれば我々は抵抗できずに殺されるからさ。回避する方法はない」

「だから無抵抗でいろっていうんですか？」

「違う」

絶望的な思いつきで、しかもそれ以外ありそうにない。そんな話を聞かされたのに、庚江の形良い唇に薄く浮かんでいるのは笑みだった。

「マスターがその気になればどうしようもない。魔法少女十六人をゲームの世界に閉じこめ、生殺与奪《せいさつよだつ》も自由自在。彼女の魔法は強大で、打ち破ろうとか屈服させようとか考えても仕方がない」

「あきらめろ、と？」

「最後まで聞きたまえ」

クマのぬいぐるみを膝の上に置き、庚江は回転椅子を回して護と向き合った。

「マスターが我々をいじめ殺しにかかっているという可能性は、追っても解決できないため考慮しない。クリアすれば解放してくれる。ということを前提にする。参加している魔法少女の中に悪意を持った者が混ざっていて、なんらかの方法を用い、マスクド・ワンダーからコインを奪い、チェルナー・マウスのキャンディーを操作した、という可能性にリソースを費《つい》やす」

「そういうもんでしょうか……」

最も高い可能性から「考えても解決できない」という理由で目を逸らし、より低い可能性のみを追うというのは、一見するとポジティブに見えてもやはり現実逃避だろう。

「マスターが犯人なら仕方ないであきらめた方がいい。プレイヤーの立場でゲーム内からマスターと戦う方法などまずないよ。戦いを挑むにしても後回しにすべきだ。それにマスター以外が犯人であるという説は、そこまで荒唐無稽ではない。それなりに目はあるよ。マスターは難易度が高く悪意のこもったゲームを用意しているが、賢明な者であれば察知できる抜け道を用意している。キャンディーの最低数を合わせることしかり、飛び道具反射の敵が出るエリアの街にモンスター図鑑を配することしかり、だ。抜け道を用意し、それに気づけず死んでいく者を嘲笑するタイプ。武力でアイテムを強奪するのもキャンディーの数を外から操作するのもマスターのキャラクターとは符合しない。マスターとは別の誰かが動いていると見るのが自然だね。まあ我々としては、だ」

クマのぬいぐるみが歪んだ。首に回された庚江の両腕に力がこもっている。顔には笑顔が浮かんだままで、クマが変形するほどの力が加えられている。

「犯人に報いを受けてもらう」

護は気がついた。庚江は怒っている。

彼女は身内に手を出す者をけして許さない。身内というのは家族や親族ということではなく、近しい者全般を指す。

高校に入学したばかりの頃、護のことを「金魚の糞」と陰で馬鹿にしていた生徒が何名かいた。悪口の対象である護にまで聞こえてきたので、けっこう派手に話していたのではないかと思う。中学校から一緒に上がってきた生徒は、間違ってもそんな陰口を叩きはしないが、高校では他所の学校から入ってくる者もそれなりの数がいたのだ。護の悪口で盛り上がった彼女達は、それから一週間に渡って学校を休み、再び通い始めた時には他人の悪口など絶対に口にしない良い子になっていた。庚江が近寄ると青い顔で震えていたのは、たぶんそういうことなのだろう。

マスクド・ワンダーは仲間だった。

護は指を組んで両手を膝の上に置き、俯いた。

怪我をしている者を見れば警戒もせず助けにいき、三十メートルを超える相手でも、自分が正しいと思えば臆せず立ち向かう、本物の正義のヒロインだった。自分で正義を名乗るなんて胡散臭いな、と斜めから見ていたが、彼女はどんな局面でも全力で正しくあろうとした。斜に構えて皮肉ったりしない。常に真正面からぶつかっていった。

マスクド・ワンダーは岩で頭を潰され死んでいた。あんな死に方をしていいわけがない。唇を噛み、顔を上げて庚江を見た。庚江は変わらず笑みを浮かべていた。クマのぬいぐるみはもう歪んではいなかった。

「私は人物を見る。護は方法を考える。これで犯人を捜そう」

護は唇を噛んだままで頷いた。

☆ディティック・ベル

チェルナー・マウスの遺体は街の外れに埋めた。彼女の好きだったひまわりの種を墓穴に入れ、一つは残して穴を埋めてから墓標の代わりに土饅頭《つちまんじゅう》に立てた。巨大なひまわりの種は、もちろん実在するものではなく、チェルナー・マウスのコスチュームの一部だという。実際に食べることも可能で、暇さえあれば齧っていた。彼女だけはショップで保存食を買うことがなく、ラピス・ラズリーヌに羨《うらや》ましがられていた。

そのラピス・ラズリーヌは未だに鼻をぐすぐすいわせている。

ディティック・ベルは今後について話し合うためメルヴィルに声をかけようとそちらを見た。メルヴィルはディティック・ベルを見ていた。出しかけていた声が喉の手前で止まった。メルヴィルは静かに口を開いた。

「パーティー抜げんべ」

「……は?」

メルヴィルは、いつも以上に淡々としていた。

「誰だがわがんねば悪さすっやついんぜ。チェルナーはそじにやらんだす。もんや誰も信じがんぜや。気の毒《どぐ》ねど抜げんべや」

「誰かわからないけど悪いやつが混ざっています。チェルナーはそいつに殺されました。もう誰も信じられない、パーティーを組んでる意味がない。気の毒だけど抜けます。とメルっちはいってるっすね……ってメルっち!」

ラズリーヌは涙と鼻水を袖で拭い、メルヴィルの肩に手をかけた。

「パーティー抜けるとかなにいってんすか!　ここからみんなで協力してってなる場面っしょ!　今メルっちがパーティー抜けるとかなしっすよ!」

「おめもくっか？　ついでぐんなら止めね」

「いかねーっすよ！　でもメルっちが出てくのは大反対っす！」

メルヴィルはラズリーヌの手を払った。ラズリーヌはそれでも食ってかかろうとしていたが、メルヴィルは軽く地面を蹴り、ひまわりの種の墓標を超え、その後ろに立った。墓標を踏み倒すわけにもいかず、ラズリーヌはたたらを踏んだ。

ディティック・ベルは言葉を選ぼうとした。メルヴィルのパーティー離脱を認めるわけにはいかなかった。なにか一言、メルヴィルが考えを改めてくれるような言葉があれば、それでメルヴィルが残ってくれれば。そう思い、考え、だが思いつかず、

「それは、私が信用できないってこと？」

口にした言葉はひどく冷たく、乾いていた。ディティック・ベルは唇を舐めた。がさがさに乾燥している。水気が全くない。

「ラズリーヌがついてくるのを止めない。だけどパーティーは抜ける。それは私が信用できないってことなんじゃないの？」

「んや」

メルヴィルの身体が薄らいでいく。彼女の顔が、服が、大弓が、銛が、全てが荒野の土色に染まり、溶けこんでいく。

「そう悪じくとるごだね。ベルにしったげ信じれどうのいうなにざね。おめはやりでよう

ようやれ。おらぁチェルナーのあんごだとる。どっがに隠れっちょうようよう」

「そう悪く受け取ることはありません。私はチェルっちを殺したやつを捜して仇《あだ》を討《う》ちます。そっちはそっちでゲームのクリアを目指してください。と、ベルっちはいってるっす」

「チェルナーを殺したのはマスターでしょう？」

どう考えてもそれ以外ありえない。チェルナー・マウスの魔法の端末はタイムアップの直前どころかタイムアップ直後でさえ他と同じ数字を表示していた。ディティック・ベルは隣で見ていたからそれが間違いないと知っている。チェルナーが倒れ、魔法の端末を取り落とし、落ちた魔法の端末はなぜか数字が一減っていた。

そんなことは、魔法でもアイテムでも不可能だ。不可能なことが実際に起きた。それを実行できるのは一人しかいない。マスターだ。

「一人脱落させるというイベントだったのに、プフレが抜け道を見つけてそこを突いた。マスターはそれに腹を立ててゲームのルールを歪めた。当初の予定通りに一人を脱落させて、文句をいわれないようにマジカルキャンディーを一抜いた」

「違えな。ファルさねがり思い出でくんない。やつごさ知っでだ」

「違います。ファルの反応を思い出してみてください。彼は知っていたんです」

「ありゃルールさ穴じゃね。プレイヤー助げでやっさいうあざ」

「あれはルールの穴ではなくプレイヤーへの救済措置だったのではないでしょうか」

「もっとうマスターづぐどいだやっさあ。めっごさおごるいわれねえ」

「元々マスターが用意しておいた正答だったはずです。怒る理由はありません」

「ぜんどぎゃもどやなげざあっだべ。誰ござ笑んでなしだ」

「あの時はとても嫌な感じがしました。誰かが笑っていたんです」

「チェルナーさうっだおれでよう。誰ござ笑んでなしだ」

「チェルナーが倒れた時、誰かが笑っていたんですよ」

「ジェノサイ子さはねがあるべい。裏切り者っつでださ」

「夢ノ島ジェノサイ子さんが残してくれたメッセージの件もあります。彼女は裏切り者の存在を教えてくれました」

「そつらわがんねやっさあ。見っげでよう、はがせんべえ」

「その人が犯人です。その人を見つけ出します」

　メルヴィルが話し、ラズリーヌが訳し、それを繰り返している間にもメルヴィルは風景の一部になっていく。やがて完全に消え失せ、言葉も止まった。ラズリーヌは次を訳そうと待ち構えていたが、メルヴィルはもうなにも喋らない。

「あっ……メルっちいねーっす！」

　墓標を中心に走り回り、両手を振り回したが空《くう》を切るだけでなににも触れることがない。

メルヴィルは姿を消してどこかに去ってしまった。

ディティック・ベルは魔法の端末を起動し、パーティー編成の画面を呼び出した。そこにはパーティーメンバーの名前が登録されている。ディティック・ベルとラピス・ラズリーヌ、それにチェルナー・マウス。メルヴィルの名前はすでに消えている。ファルはパーティーは入るのも抜けるのも簡単だといっていた。確かにこれは簡単だ。

「ラズリーヌ」

「なんすか？　メルっち呼び戻す方法があったりするんすか？」

「ちょっと端末貸して」

「いいっすけど、なにに使うんすか？」

ラピス・ラズリーヌから魔法の端末を手渡された。基本、形は変わらない。ハート型の画面に指を当てて操作し、待ち受け画面を表示させ、そこからさらに移動し、登録アドレスを表示させた。

「失礼、間違えた」

画面を戻し、パーティー編成を表示させる。そちらもディティック・ベルの魔法の端末と同じく、メルヴィルを除いた三人の名前が表示されていた。チェルナー・マウスの名前をクリックし、除外を選択すると名前は二人だけ残った。死亡者をパーティーから外すのは、生存者がしなければならないらしい。

ディティック・ベルは魔法の端末をラズリーヌに返し、鳥打帽を深く被り直した。ともすれば泣き出してしまいそうで、ラズリーヌには見られたくなかった。

「メルっち……犯人捜すっていってたっすね。ホントに犯人がいるんすかね」

ディティック・ベルに話しかけたのか、ただ独りごちたのか。返答せずとも反応はなかったので後者だったのだろう。ディティック・ベルは歯を食い縛り、口の端を下方向へ曲げた。悔しさとやり切れなさと無力感が募《つの》っていく。

チェルナー・マウスさえいればなにが起きても大丈夫だと思っていた。チェルナー・マウスも自分がいればみんなを守ってやれるんだと胸を張り、その強さを笠《かさ》に着て他のパーティーを追い払ったりはしたものの、それでも頼もしい仲間ではあった。そのチェルナー・マウスは理不尽に殺された。彼女の強さに全く関係のないやり方で。

パーティーリーダーはディティック・ベルということになっていたけれど、実質の要はチェルナー・マウスだった。そしてチェルナー・マウスに命令を与えていたのはメルヴィルだった。チェルナー・マウスという要が欠け、それによってメルヴィルが去り、ディティック・ベルが残された。

ラズリーヌも残されたように見えるかもしれない。だがディティック・ベルとは決定的に異なる。メルヴィルは去り際にラズリーヌを誘った。一緒に来るなら止めないといっていたのは、パーティーを組んでもいい、ということだ。どういうことかといえば、つまりメルヴィルが去った理由はディティック・ベルだということだ。ディティック・ベルを信用していないのか。それともディティック・ベルが必要ないのか。どちらだろうかと考えると泣いてしまいそうになる。ディティック・ベルは名目上のリーダーではあったが、目立った功績はない。エリア開放は一度として成功していない。全て他のパーティーが果たしている。

ゲームの中ではディティック・ベルの魔法は役に立たない。それでも探偵として働いてきた経験がある。探偵小説から学んだ知識だってある。魔法が使えなくても充分役に立つと思っていた。だがゲームが始まってみれば、エリア開放はできず、リーダーとしての指導力があるわけでもなく、むしろ出した指示をチェルナー・マウスやメルヴィルには無視されていた。

「もしチェルっちをやった犯人がいるならタダじゃおかねーっす！　でもそんなやつが大手振って歩いてるとかすげー危ないじゃないっすか……」

ディティック・ベルは、息巻いたり怯えたりと忙しないラピス・ラズリーヌに目をやった。メルヴィルはラズリーヌを誘った。ディティック・ベルのパーティーから抜けようという時にラズリーヌを誘った。

ディティック・ベルは鳥打帽の下からラズリーヌを睨みつけた。ラズリーヌは右手で自らの胸を打ち、請《う》け合った。

「でも安心するっすよ。このラピス・ラズリーヌがいる限りベルっちは安全っす」

ほどなくしてゲームは一時終了し、ディティック・ベルは氷岡忍《ひおかしのぶ》に戻って現実へと帰還した。魔法少女ではなく人間の姿に戻り、だがなお内側では燻《くすぶ》っていた。

マンションの壁を殴りつけ、すぐに事務所へ連絡して十日間の休暇を申請した。もう二度と来こなくていいと冷たく馘首《かくしゅ》されるか、なにを考えているのかと濁声《だみごえ》で叱責されるか、どちらも嫌だったので用件だけ告げてすぐに電源を落とした。

魔法の端末を取り出し、ネットで検索をする。ラズリーヌの魔法の端末のアドレス帳にあった電話番号の市外局番を記憶していた。それを調べると、すぐに該当する町の名前が表示された。ディティック・ベルはメモ帳に書き取り、今度は時刻表を検索した。

ディティック・ベルの魔法はゲーム内では使えない。だが現実で使うことはできる。まずはラピス・ラズリーヌだ。現実で彼女が活動している地域を探し、マジカルデイジーの時と同じやり方で正体を探る。

現実で動き、現実での情報量を増やす。メルヴィルのいうようにマスターと通じている魔法少女がいれば、それを押さえる。なにも裏がない、真っ白な魔法少女だと判明したとしても、それは使える情報だ。信頼できる者を一人ずつ増やしていけばいい。

そう、まずはラピス・ラズリーヌ。仲間が殺され、去り、なのに能天気が過ぎる。ただの能天気な魔法少女なのか、それとも能天気でいられる秘密があるのか。それをディティック・ベルが見極める。

☆ペチカ

ゲーム再開は荒野エリアからになる。どこでゲームを終了しても、再開するのは荒野エリアからだ。要するに、最初のゲーム開始時にいた場所にいちいち戻されるらしい。地図でパーティーの位置を確認すると、前回来た時と同じ配置にいるような気がする。

荒野の様子は変わらない。空は青一色、太陽光は異常に強く、大地は不毛で、崩れかけたビルがそそり立つ。時折風が吹きつけ、赤茶けた色の土や砂が舞い上がり、その度ペチカは目を閉じた。

まずはペチカとクランテイルが合流した。地平線の辺りに人影が見えたと思ったらもう目の前にいる。スピード勝負でプフレの車椅子に敗れはしたが、クランテイルが全力で走れば元の動物よりずっと速い。

「お久しぶりです」
「うん」

言葉少ななのは相変わらずだ。クランテイルはしゃがみ、ペチカに背を向ける。ペチカはクランテイルの背に跨《また》がり、彼女の腹に……動物の方ではなく、人間の方の腹に手を回す。会ったばかりの時に蜘蛛の糸で引っくくられて背中で震えていたことを思い出す。あの頃はモンスター然とした風貌が怖くてたまらなかったが、ドラゴンと戦う今となってはもう慣れた。跨っている動物部分と、腕を回している人間部分で体温が随分違うのが面白い。

「クランテイルさんって」

「うん」

「人間の身体と動物の身体で体温が違うんですね」

返事はなかった。身体を傾け顔を覗き見ると、顔が強張り頬に色が差している。これはひょっとして怒らせてしまったのではないか。慣れてしまったからといって舐めた口をきいていいというわけではない。ペチカは慌てて謝ろうとしたが、クランテイルが急に跳ねたため、身体のバランスを崩し、しがみついた。背後に目をやると大きな岩があった。あれを飛び越えたのだろう。

偶然かもしれないが、落とされかけた。やっぱり怒らせたのかもしれない。

「あの……毎回、合流した時、乗せてもらってありがとうございます」

「いや」

クランテイルの声が小さくなり、

「こちらこそ……毎食ご馳走をありがとう……」

蹄で打ち消されそうな声だが、それでもなんとか聞き取れた。お礼をいわれたということは怒ってはいない、のだろうか。クランテイルは槍を上げ、前方を指した。

「あそこだ」

手を振っている。御世方那子だ。前シーズンで友達になったドラゴンを連れていた。

「ハハハ！　ここで会ったが百年目！　お久しぶりデース！」

那子はクランテイルの手をとって上下に振り、馬上のペチカの手をとってこれも上下にふり、その勢いに引き摺り下ろされる形でペチカは下馬した。馬から下りても那子は手を離さず、ペチカの身体を振り回し、ぐるぐる回り、

「ハハハハハハハハハ！　ハイテンショーン！」

現在の自分を的確に表現し、散々振り回してからようやくペチカを離してくれた。はしゃぎすぎたせいで肩で息をしている。ドラゴンが心配そうに見ていた。

「オウ……ちょっとテンション上げ過ぎまシタ……」

「大丈夫ですか？」

「オーケイオーケイ……問題ありまセン。さあ行きまショウ。あの面倒臭いリアルドールのやつは少し遅れただけで文句いいやがりマース」

三人で連れ立ってリオネッタのアイコンを目指し走り始めた。那子は走りながらも時に笑い、時におどけ、ドラゴンと一緒になって騒いでいた。

意識して明るく振舞っている。ペチカもだ。クランテイルは元々物静かだが、彼女も那子の仕草に笑みを浮かべている。前回の終わり方があって、今回、明るくスタートすることなんてできるはずがないのに、皆が明るい振りをしている。ちょっとした冗談のように振舞えば、本当の冗談になってくれるんじゃないかと願っている。そんなふうに思える。

ペチカが薄暗い考えに囚われている間にリオネッタがいる地点に到着した。彼女は腕を組み、人差し指で自分の二の腕を小刻みにノックしていた。

「遅い！」

彼女だけは不機嫌さを隠そうとしていない。

「なあんでここまで待たせますの？　いったいなにをしていればこんなに時間がかかるのか、教えていただけるとありがたいですわね」

「ほーらいったでショ。マッハで急いできたってこの女文句いいやがりマース」

「あら？　あらあら？　私のいないところで悪口？　素晴らしい順応能力ですわね。よくよく日本の文化を学ばれているようで本当に感心しますわ」

「客観的事実を述べたまでのことデース。それが悪口になるなら悔い改めなサーイ」

「口が減らないこと」

「その言葉リフレクトしマース」

飽きもせずやり合っている。

クランテイルは黙って背を向け、荒野の街へと走り出した。リオネッタと那子はぎゃあぎゃあと罵り合いながら後を追い、さらにその後をドラゴンが飛んでいく。ペチカは追いかけようとしてふと足を止めた。

くん、と鼻を鳴らす。くん、くん、とさらに二度鳴らして匂いを嗅いだ。わずかなものだが、荒野に似つかわしくない花の香りが漂っている。珍しい花ではない。どちらかといえばありふれている。確かこの花は……。

「ペチカサー……置いて……スヨー……」

現実に引き戻された。見ればペチカ以外の三人と一匹は遥か彼方で足を止めてこちらに振り返っている。御世方那子が両手を口に当てて大声を張りあげているようだが、それすら途切れ途切れにしか聞こえてこないほど距離があった。ペチカは慌てて走り出した。


「そっち行きましたわ！　赤一、緑一！」

リオネッタが敵ドラゴンを誘導し、クランテイルがすれ違いながら槍を叩きつけた。電撃がバチバチと輝き、赤色のドラゴンが黒焦げになって岩壁に激突した。

地底エリアではドラゴン狩りを続けている。延々と繰り返してきたおかげでドラゴンの行動パターンは大体把握できるようになってきた。狩りを効率よく繰り返せるようになり、ペチカが持っている回復薬の消費もごく少ない。

前回の最後にリオネッタがいった通り、チェルナー・マウスが通せんぼをしていないのも大きかった。チェルナー・マウスがいなくてもメルヴィルかラピス・ラズリーヌが番をしているのでは、という心配も杞憂《きゆう》でしかなく、自由に狩場を移動することができた。ディティック・ベルのチームが占有していた狩場はドラゴンの宝庫で、三色のドラゴンを次々に狩っていき、ドロップアイテムとマジカルキャンディーを貯めていく。

「武器を新しくしたいんですけどよろしいかしら？　ドラゴン相手なら今の武器でいいけれど先のこともありますし。地底のショップはなにを買うにもお高くて困りますわ」

「『R』もうちょっと回しておいていいですカー？　あとワタシの子が装備できる武器防具があれば買っておきたいデース」

「救急箱ってアイテムがあれば、そこに回復薬を一ダース入れておけるんだそうです。より多く回復薬を持って歩けるようになります」

アイテムを買い足し、装備を整え、さらにドラゴンを狩り、食事はペチカが作る。

リオネッタも那子もうっとりとして、クランテイルは尻尾のみうっとりとして、食事をとる。「R」を回し続けてスプーンやフォーク、皿や椀《わん》を手に入れ、食事の内容だけでなく食器も充実し、本格的な食事になっていた。

戦うことも、装備やアイテムで武装することも、美味しい料理を食べることも、ある意味では全て現実逃避だ。動き続け、走り続けていなければ、きっと頭がおかしくなる。チェルナー・マウスの理不尽な死は、ゲームを諦めるに充分すぎる理由だったが、それでも今のペチカ達にはゲームを続ける以外の選択肢がない。いつ訪れるかもわからない理不尽な結末に目を瞑り、そんなものはもうないんだと思いこんでやるしかない。

とにかく動き続けなければ。地底エリアのマップを埋め、ヒントメッセージを見つけ出す。荒野と草原エリアの地下全てをカバーするほど広い地底エリアは、調べなければならない場所も多く、ドラゴン狩りと平行してやれば遅々として進まない。

「ドラゴンには王がいる、というメッセージが色違いの石壁にありました」

「キング？　キャンディーたくさん落とすのがいるんですかネ？」

「玉座の周囲は赤く縁《ふちど》取られている、とありますわね」

ここまでエリア開放を一度も達成していないことからもわかるように、このパーティーは謎解きが得意ではない。ペチカは非戦闘要員ではあったが、だからといって頭脳労働担当などとはいえず、リオネッタや那子も暗号を前に唸っているだけで、クランテイルはそんなものは自分の仕事ではないと最初から考える素振りも見せない。

「ドラゴンには王がいる」「玉座の周囲が赤く縁取られている」「街の下」「三十四、四十一、二十六」「水と大盾」「在りし日の眼鏡」「死より得るもの」「餅は餅屋」このようなヒントとも知れないヒントを集め、そこから答えを導き出すといったことがまるでできない。そのためエリア開放は他のパーティーに任せる、といった他人任せな方針で一応のヒント集めと、こちらがメインとなるドラゴン狩りを続けてきた。

「しかし……遅いですわね」

食事中にリオネッタがぼそっと漏らした。

「遅い遅いってまたそれデス？　アンタ本当に時間のことばっかりデスネー」

茶々を入れた那子を無視してリオネッタは続けた。

「誰かしらエリア開放をしていい時期ではありませんこと？　今までのエリアはもう少し早く開放されていたと思うのですけれど」

「ああ、それは確かに遅いですよね」

「こんなじめじめとしていて薄暗い場所なんて長居したくありませんのに、気のきかないこと。あ、ペチカさん。このハンバーグってつなぎになにを使っているのかしら」

「パン粉ではないかと思います」

「素敵ね」

「いわれてみれば確かに遅いデスネー」

「いわれないとわからないのねお馬鹿さんは」

「パードゥン？」

「いえばわかるのだと褒めてあげたのになにがご不満なのかしらね」

「あの、おかわりありますけど欲しい人いますか？」

「ギブミー！」

「いただきますわ」

那子に盛ってやり、リオネッタに盛ってやり、黙って椀を差し出していたクランテイルにも盛ってやり、ついでに自分の椀にも盛って、後はスプーンを動かした。今のペチカは、なんだかお母さんのようだ。

動きがあったのはそれから数時間後のことだった。クランテイルの魔法の端末が着信音を鳴らし、皆が動きを止めた。クランテイルは魔法の端末をチェックし、ペチカ達三人に画面を見せた。それはメールの受信画面で、プフレからのメールが表示されていた。文面は簡潔で『エリア開放ミッションを発見。だが独力でのクリアは厳しい。協力を求む』とあった。リオネッタは、

「ようやく次のエリアに進めそうですわね」

と満足そうに微笑んだ。

☆のっこちゃん

チェルナー・マウスの死の原因を解明することはできなかった。少なくとものっこちゃんはタッチしていないので、誰か他にやった者がいるということになる。マスターがやったのではないかと騒いでいる者がいたが、ここまで見せたマスターの性格から、ルールを無視した干渉をしてプレイヤーサイドに一方的不利益をもたらすとは思えない。

チェルナー・マウスはたぶん嫌われ、疎《うと》まれていた。他のパーティーを良い狩場から締め出すような魔法少女が好かれるわけがない。チェルナー・マウス自身はそれを命じられやっていただけかもしれなかったが、彼女はその行為の象徴のようなものだ。それに彼女の実力というか体格があったからこそ占有行為が実現したのだともいえる。

それはプフレとの決闘で勝利して確定的となった。あれだけの材料を集めて作成したプフレの車椅子戦車が勝てないのだ。誰もチェルナー・マウスには勝てず、チェルナー・マウスがいる限り、ディティック・ベルのパーティーは狩場の占有を続けたはずだ。

狩場の占有を止めるには、チェルナー・マウスの排除が必要不可欠になる。しかし、だからといってイベントを利用して強力なプレイヤーを殺害するというのは、プレイヤー陣営としてありえないことだ。クリアの成功に自分の生命が賭けられている以上、強プレイヤーはいてもらわなくては困る存在だ。一時のいがみ合いで殺していいわけがない。

では誰が？

殺して得するプレイヤーはいない。カッとしてついやってしまいました、という状況ではない。マスターが殺す理由もない。のっこちゃんは自分が犯人ではないことを知っている。犯人に該当する人物がいない。

極めて不気味な出来事で、@娘々にとってもそれは同じ、下手をすればそれだけで絶望してしまいそうな事件だったはずだ。それでも@娘々はドラゴンを狩り、ヒントを集め、さらにジェノサイ子を捜している。他のパーティーに自分のアドレスを教え、ジェノサイ子を見かけたら連絡をしてほしいと伝えてあるのだそうだ。

「なにか事情があるはずアル。どうしても私達の前に姿を見せられない、そういうのっぴきならない事情があるはずアルよ」

「ええ……ですよね」

@娘々は自分にいい聞かせているようでもあった。それでも以前の呆然《ぼうぜん》としていた状態に比べればポジティブに見えるだけマシだと思う。

ドラゴンを狩り、キャンディーを集め、装備やアイテムを購入する。他のパーティーも同じことをしていたのではないかと思う。もうゲームなどしたくもないが、それでも他にやるべきことが見当たらない。魔法少女としての力をぶつけられる対象はゲームしかなく、ドラゴンは憤懣《ふんまん》や鬱憤《うっぷん》をぶつけられている。

プフレからのメールを受け取ったのはそんな時だった。

『エリア開放ミッションを発見。だが独力でのクリアは厳しい。協力を求む』

地底の街でしばらく待つ。協力してもらえるのなら来てほしい。そうあった。

「だそうです。どうします？」

「当然力を合わせるアルよ」

＠娘々は精悍《せいかん》さに満ち、瞳は屈強な意志の光で輝いている。しかしその漲《みなぎ》る生命力は、現状あるはずの不安感、足元の不安定さを考えれば不自然だ。危機があれば立ち向かえ、仲間を信じろ、挫けるな、折れるな、そういった魔法少女のテンプレートに沿っているとはいえ、そのような「清く正しい魔法少女」であったとしても、もっと無力感に苛まれていておかしくない。

なにか知っているのだろうか。＠娘々が生気《せいき》を取り戻す直前にぶつぶつと独り言を呟いていた。彼女はなにかを知り、それで立ち向かえているのだろうか。

地底エリアの街は、他のエリアと比べても外観自体は大差ない。建物は石造りで古びている。人通りはなく、住人もいない。窓はあっても窓ガラスはない。ショップのメッセージは愛想ばかり良い。違いといえば、湿度が遥かに高く、それにカビ臭さが加わり、地底全体にいえることだが、ここで暮らしたいとは思えない。

待ち合わせ場所には数人の魔法少女がいた。

ケンタウロス、巫女、シェフ、人形の四人はクランテイルのパーティーだ。巫女と人形が睨み合っている。見る度喧嘩をしているが大丈夫なんだろうか。

ディティック・ベルのパーティーもいた。チェルナー・マウスは欠け、現在はラピス・ラズリーヌとディティック・ベル。あとはメルヴィル……と探したが、メルヴィルはパーティーから一人だけ離れ、石に腰掛けていた。

プフレはシャドウゲールに背負われている。のっこちゃんと@娘々は、まずはプフレに近寄って声をかけた。

「やあ、よく来てくれた」

「車椅子、まだ直らないアルか?」

「直すというより作り直す必要があってね。『R』で椅子が手に入ったりしていないか?」

「すいません。『R』はやってないんです」

「そうか……さっきから来る者全てに聞いているのだが誰も椅子を持っていない。もし手に入れたらぜひとも譲ってくれたまえ。お礼ははずむよ」

プフレに車椅子がないということは、まともに活動できるのはシャドウゲールだけということでもある。それは考えるだけでも大変そうで、プフレがエリア開放イベントに他のメンバーを招集した理由の一端がうかがえるが、彼女の表情には辛さも苦しさもなく、服が汚れたりどこか傷ついたりといった痛々しさもなく、まるでシャドウゲールに背負われているのがあるべき状態である、と見せつけているようでもあった。

むしろ疲れが見えたのは背負っている側だ。少女一人分の体重程度、魔法少女なら負担にはならない。とはいえ少女一人を背負い、その少女の安全に配慮し、危険なモンスターと戦う、とまでくれば疲れないわけがなかった。

「さて、これで全員集まってくれたようだね」

地底の街の入り口には夢ノ島ジェノサイ子を除く魔法少女が全員集まっていた。プフレは周囲を見渡し、一人一人で視線を止め、最後にのっこちゃんを見て頷いた。

「では私の後ろについてきてくれ。エリア開放ミッションについて説明しよう」

プフレの指示に従い、シャドウゲールが歩き出し、皆がそれについていく。地底エリアは基本的に洞窟だ。地面は硬くごつごつした岩でできている。湿っぽく、上から水滴が落ちて濡れている箇所も多々あり、油断すれば足を滑らせるため強く足を踏む。歩けば靴音が聞こえる。この人数で全員分の靴音というのはけっこう大きい。靴を履いていない魔法少女としてはクランテイルがいたが、彼女の蹄は靴よりもうるさい。

さらに荒野や草原、山岳に比べれば道が狭く、横に並ぶということができない。必然的に縦一列で前に進むことになる。

のっこちゃんは後ろから二番目の位置から前を見た。魔法少女達の背中が続いている。その背中はとても無防備に見えた。自分達の中に悪意を持った人間が混ざっていて、背中から攻撃されるかも、なんてことを考えはしないのだろうか。した上で背中を晒《さら》し、悪意を持った何者かを釣り出そうとしているのだろうか。

しばらく歩くと行軍が停止し、プフレが声をかけた。

「ここから先がエリア開放ミッションのステージに続いている！　極めて危険な敵がいる！　各人注意してほしい！」

プフレは魔法の端末から眼鏡を取り出した。装飾性皆無な銀縁のシンプルなデザインは、見た目実用的で魔法少女らしくはない。プフレは黙って眼鏡をかけた。案の定似合ってはいなかった。

「それでは後についてきてくれ」

プフレに命じられ、シャドウゲールが歩き出した。もう少し右、そう、そこでいい、と細かく指示をされつつ、壁に向かって真っ直ぐ歩き、壁にぶつかり、すっと中に吸いこまれた。他の魔法少女達が驚きの声をあげる中、プフレは壁からひょいと顔を出し、

「ここから入れるようになっている。けして広くないから、ぶつからないよう気をつけて」

列の二番目を歩くクランテイルが、恐る恐る壁に手を触れると、指先が、手首が、腕が、壁を通り抜けて見えなくなった。幻、立体映像、そういった見せかけの壁があり、その先に通路がある。プフレの眼鏡はその見せかけの壁を看破《かんぱ》するアイテム、というところだろ

う。

列はまた動き始めた。クランテイルが壁の中に入り、その後も続く。のっこちゃんも壁に手を触れてみる。なんの抵抗もなく向こう側へ抜けた。

「すごいアルね。本物の岩壁にしか見えないアル」

後ろからかけられた声に頷き、そのまま通り抜けた。一瞬だけ視界が真っ暗になり、その真っ暗を抜けると通路があった。さっきまで歩いていた洞窟とは違い、人工的に切り抜いた通路という感じだ。壁と壁、天井と床が平行に続いていて、壁と床、壁と天井の境がきっちり九十度に揃えられている。ただの岩肌に比べて壁の質感も滑《なめ》らかだ。壁には等間隔で松明《たいまつ》がかけられていた。手を近づけると熱を感じる。本物の炎だ。

魔法少女に灯りは必要ないが、それでもなんとなく頼もしく思える。

隠し通路はそこから五百歩ほど続き、前の方から聞こえてくる足音が変化した。のっこちゃんの身長では前が見えず、横から顔を出す。松明の位置が下がっている。階段だ。

階段も通路と同じく人工的だった。とても自然にできる造りではない。真っ直ぐに進むのではなく、僅かずつ右方向へ曲がっている。

右へ、右へ、まだ右へ。右回転の螺旋《らせん》階段だ。

二百段は下りただろうか。元々このエリアが地底であることを勘案《かんあん》すると相当な地下にいることになる。気のせいか気温も下がり、呼吸も息苦しくなってきたようだ。階段を下り切るとそこにはだだっ広い空間があった。地底エリアにあったドラゴンの狩場よりまだ広い。二倍、三倍ではきかないかもしれない。

床には石畳が敷かれ、壁は通路や階段のそれとは違って岩肌そのままでゴツゴツとしていた。天井が高い。上まで軽く百メートルはある。中央は切り立った崖のように一段高くなり、のっこちゃんはそこにいる生き物を見て息を飲んだ。他の魔法少女達も、驚きの声をあげる者、立ちすくむ者、反応は様々だったが、皆一様に驚いている。

「こういうわけなんだ」

プフレがこちらを向いて肩をすくめた。眼鏡のせいもあって必要以上におどけているように見えた。のっこちゃんは深く息を吸い、吐いた。

中央の一段高い場所は直径二十メートルくらいの円形で、そこには巨大な生き物が寝そべっていた。丸まった尻尾を伸ばして計れば全長十五メートルはありそうだ。鱗の一枚一枚がここからでも確認できそうなほど大きく、金属のような光沢《こうたく》で赤く光っている。口を閉じていても外から見えるくらい牙が太く、長い。そして見るからに鋭い。羽も体格相応に大きいが、まさかあの巨体で空まで飛ぶのだろうか。鉤爪の長さはのっこちゃんの身長くらいあり、一撫でされただけでバラバラにされてしまいそうだ。

巨大なドラゴンがいた。今まで地底で狩ってきた生き物は、これに比べればドラゴンもどきに過ぎない。大きさも違えば見た目のドラゴンらしさも違う。瞳を大きく見開きこちらを見ている。黒目の部分が縦に長く、細い。視線から、佇まいから、敵意と殺意を感じ、足が震える。

「そこに赤い線があるだろう?」

プフレの示した場所を見ると赤い線が走っている。だいたいドラゴンから三十メートルくらいだろうか。ドラゴンから等距離で、いる場所を囲んでいるようだった。

「そこの赤い線から先に行くと」

シャドウゲールが足元に落ちていた拳大の石を拾い、ドラゴンに向かって投げた。と、同時にドラゴンが大きな口を開き、肉食動物丸出しのずらりと並んだ牙を見せつけた。口の奥が赤く光る。巨大な火球が飛び出し、石に直撃、そのまま飲みこみこちらに向かう。のっこちゃんが横に跳び、他の魔法少女もある者は伏せ、ある者は盾を構え、だが火球は赤い線を越えることなく空中で霧散した。皆、身構えたまま深々と息を吐いた。

石は消し炭どころか完全に消えてしまっている。

「このようにやつが攻撃してくる。幸い赤い線よりこちら側に攻撃が通ることはないが」

だったらそれを先にいってくれと思っているのはのっこちゃんだけではない。皆がプフレに向けている目が、口より雄弁に物語っている。

「そしてあれを見てほしい」

プフレが指差した先は、ちょうどドラゴンの真上で、そこには縄梯子《なわばしご》がぶら下がっていた。縄梯子は天井に続き、そこには人一人がギリギリ通れるくらいの穴が開いている。

「集めたヒントによれば、あの穴が次のエリアに通じる門なんだそうだよ。そしてあそこを抜けるためには」

プフレの指は下がり、ドラゴンを指し示した。

「あそこで頑張っているドラゴン君を退治しなければならないのだそうだ」

「勝てるわけがないでしょう！」

リオネッタがヒステリックに叫んだ。

「今のを見まして？　あんなものが直撃したら黒い染みになりますわよ！　それにあの大きな体！　硬そうな鱗！　殴ろうが蹴ろうが攻撃が通るとも思えませんわ！」

ディティック・ベルが苦しげに呟いた。

「チェルナーがいれば……」

「いない方のお話をしてどうなりますの？　私達全員、ここで詰みですわ」

「そう決めつけたものでもない。一応クリアルートは用意されているようだよ」

プフレは魔法の端末を手に取って画面を動かし、

「皆、モンスター図鑑を起動してくれ。そこにこいつのデータが載っている」

モンスター図鑑を開くとデータが掲載されていた。名前はグレートドラゴン。けれんも工夫もないシンプルな名前だ。掲載はされていたが、そのほとんどは「？・？・？」と表記され、攻撃方法やドロップアイテム等が隠れている。

「所謂中ボスというやつなのだろう。データがほとんど隠されている。しかしオープンになっている部分もあってね」

モンスター名。出現場所。属性が炎であること。その二つは隠れていなかった。

「属性が炎ということは、『水のお守り』を装備すれば与えるダメージを増やしつつ受けるダメージを軽減できる。まあそれでも直撃すれば即死は免れないが」

「じゃあなんの意味がありますの！」

「直撃すれば、だ。『水のお守り』を装備し『シールド＋5』で前面をガードすれば、一撃で殺されることはない。多少の火傷は負っても我慢はできるレベルだよ」

シャドウゲールが頷いた。身をもって実験したのだろうか。

「そしてこんなものもある」

魔法の端末から剣を取り出した。小さな短剣で、扱いやすそうではあるが、攻撃力は相応に低そうだ。

「竜殺し。ドラゴン系モンスターに対して威力特大。当たれば殺す、とはアイテム図鑑の説明だ。これを手に入れるために色々と面倒なことをさせられたが、今は関係ないね」

プフレはさらに、

「あとは@娘々」

「なにアルか？」

「君の札はどれくらいの射程距離がある？　ビルで攻撃すればさしものグレートドラゴンも無事ではいられないだろう」

＠娘々の表情が僅かに曇った。侍の魔法少女をビルで押し潰したことを思い出しているのかもしれない。

「……札を投げるだけアルから、かなり近づかないといけないアルね」

「まあ、そうだろうね。なら二面から攻めればいい。右翼から竜殺し。左翼から＠娘々。どちらかがドラゴンに到達すれば我々の勝利」

プフレがいったことを頭の中で反芻《はんすう》した。攻撃は致命傷にならない。数では圧倒的に勝っている。ドラゴンは巨大だが、巨大なだけに小回りはききそうにない。複数で包囲すればなんとかなりそうではある。必殺の攻撃方法が二種類あり、どちらかが命中すれば倒すことはできる。そして危険だとしてもドラゴンを倒さなければ次のエリアには進めない。

これならば、恐らくプレイヤーは戦うことを選択する。

「一ついいか？」

クランテイルが右手を挙げた。

「『水のお守り』はともかく『シールド＋5』は人数分もない。パーティーで持っているのは私だけだ」

「うちのパーティーにも『シールド＋5』はねーっすよ。盾とか重いんすもん」

「私達は『シールド＋5』が一つだけしかないアルね」

「それなら大丈夫だ。こっちにストックがある」

プフレは自らの魔法の端末を掲げた。

「貸すなんてケチなことはいわない。無料で譲るよ」

「随分お優しいですけどなにか条件があるんではなくて？」

「エリア開放報酬が欲しい。具体的にいうとキャンディー、それに現金を全て私の物にしたい」

あまりにもわかりやすい要求に、皆の声が止まった。地下の大広間からドラゴンの鼻息以外の音が消え失せた。

「かまわないだろう？　ここまでの道のりを探したのは私とシャドウゲールだよ」

「むしが良すぎる」

「現金って百万円でしょう？　大金じゃないですの。業突く張りは早死にしますわ」

「マジカルキャンディー全部持ってくなんて、いくらなんでもボリ過ぎデース」

「もう少し手心を……」

口々に不平が飛び出し、プフレは不服そうに唇を尖らせた。

「エリアが開放されるんだよ？　報酬なんてどうでもいいじゃあないか」

「どうでもいいなら独り占めなんてやめればいいっす！　ギブミーキャンディー！」

「他人を無報酬で働かせるなんて無法が通ると思ってほしくありませんわね」

「仕方ないな……わかったよ。じゃあクリア報酬はここにいる全員で等分だ。ただしドラゴンのドロップアイテムがあれば私がもらう。それでいいかい？」

ドラゴンのドロップアイテムはあって一つだろう。一つしか出ないとなれば、もらえる者も一人しかいない。この中にいる人間で、それをもらう権利があるとすれば、プフレではないだろうか。他のパーティーは仲間内で目配せし、

「それでいい」

「その条件で」

「じゃあそれで」

リーダーが了承し、プフレは不服そうな顔を即座に消してにっこりと笑顔を浮かべた。

「では攻略開始といこうか。盾を持っていない者は取りにきてくれ。配置については要相談だ。先鋒《せんぽう》を受け持つという勇気ある魔法少女は他より大目に報酬をもらうということでいいんじゃないかな。後は竜殺しを持つ者についてだが」

プフレは嬉々として指示を始めた。

全員位置についた。赤い線が爪先に触るか触らないかの場所で待機している。盾という

慣れない装備は、実際よりも大きな荷重に感じたが、それだけに頼もしくもある。いざとなれば我が身を守ってくれる、はずだ。

のっこちゃんの隣ではクランテイルのパーティーに所属している白い魔法少女……ペチカが震えていた。この子とはなにかしらの縁があるのか、こういう場面ではなぜか近くにいる。見るからに頼りにはなりそうにない。

右手に竜殺し、左手にシールド＋5を構えたクランテイル。@娘々はドラゴンの正面。こちらもシールド＋5を持つ。他の魔法少女もシールド＋5で武装し、唯一メルヴィルのみ弓と銛で遠距離からの援護を担当。水のお守りは全員が首にかけ、ドラゴンを取り囲む。

魔法少女達が準備をしている間、ドラゴンは半眼でその様子を眺めるともなく見ていた。興味がなさそうで、人間がどれだけ準備しようと負けはしないと信じているように見える。

シャドウゲールはプフレを岩の上に下ろし、自分は配置についた。

「それでは……」

プフレが作戦開始の合図を出そうとした刹那《せつな》、

「えっ」

リオネッタが立ち上がった。口を開け、大広間の入り口に目を向けている。のっこちゃんもそちらを見た。そこには夢ノ島ジェノサイ子が立っていた。

「ジェノサイ子さん！」

@娘々が叫び、立ち上がった。表情は驚きから喜びに変わり、探し続けていた人をようやく見つけ出した感激で輝いている。

ジェノサイ子はバイザーを上げていて、顔はよく見えた。以前のジェノサイ子とまるで変わらず、ディティック・ベルのパーティーが見たという傷跡もなかった。すでに治療したのだろうか。それとも、そんなものは最初からなかったのだろうか。

ジェノサイ子も笑っていた。両腕をあげて@娘々に走り寄り、抱きついた。@娘々も笑顔でそれを受け止め、二人は赤い線を越えて転がり、そこへドラゴンが火を吹いた。

なにが起きたのか理解する前にドラゴンが火球をもう一発放ち、倒れた二人に命中した。三発目を放つ前にメルヴィルの銛が飛んでドラゴンの首に突き立った。血しぶきが迸り、ドラゴンが天井に向かって喉を震わせ咆哮《ほうこう》した。大広間が鳴動し、

「止まってんな！　駆げれえっ！」

皆、思い出したように動き出した。

マスターサイド　その五

「ファル？」

　少女の呼びかけに応じる声はない。

「ファール？」

　部屋の中は静まり返っている。魔法の端末の電源は落ちたままで動かない。少女は口の端で小さく笑った。笑いの種類としては苦笑に近い。魔法の端末に手を伸ばしかけ、寸前で止め、傍らの眼鏡を摘《つ》まみ、耳の上に載せた。

「しょっちゅう外したりかけたりで忙しいねー。ところでファルは返事しないの？」

　部屋のそこかしこで光るモニターとは対照的に、魔法の端末は黙したままだ。

「マスター裏切った気になってへこんでんのー？　だったら気にすることないよー」

　少女は白衣の袖をまくった。白衣の大きさは少女の身体より二サイズは大きく、袖は三度まくられ、クリップで止められた。

「それも含めてファルに目をつけたんだから。知ってる？　電脳妖精タイプの使い魔の中でもFAシリーズはセキュリティに欠陥があってね。今は修正パッチが配られた後だから表向き不良品は出回ってないことになってるけど、ファルにはまだパッチ適用してないんだよね。だからマスター裏切るくらいはしてくれると思ってたのさ。それにファルの先輩の中にはとんでもないやつがいたんだよ。魔法少女同士の殺し合いがどうしても見たくなって、マスターを唆《そそのか》して……ってやつがね。それに比べればファルなんて甘い甘い。マスターの意に反して『魔法の国』に告げ口するくらい、当然やってくれると思ってたもの。そして私を説得しようとするなら、送りこまれる人間はあなただと思っていたもの……」

扉が乱暴に叩きつけられた。そこには白い魔法少女が立っている。少女は白い魔法少女に微笑みかけ、まくり上げた袖で部屋に招いた。

「ようこそ、あたしの世界へ。はじめまして、スノーホワイト」

激化するゲーム。深まる謎。
一人また一人と命を落としていく
魔法少女たち。
マスターの目的とは何か？
救いの手は差し伸べられるのか？
『魔法少女育成計画restart(後)』
2012年12月10日発売！
最後まで生き残るのは、果たして……!?

あとがき

今日も魔法少女で丼飯が美味い！

お久しぶりです。遠藤浅蜊《えんどうあさり》でございます。今回は前編と後編に別れています。後書きは後編だけですよと聞いていたはずなのですが、今私は前編の後書きを書いています。担当編集者のS村さんは「そんなこといったはずがない」とおっしゃっていました。私は自分の願望を夢に見たのかもしれません。S村さんはこうもおっしゃっていました。

「ぱぱっと書いちゃってください。あと一時間くらいで」

現在すでにお電話をいただいてから一時間半が経過しています。

なに書こう。魔法少女好きです。いやそうじゃないな。魔女っ子○作戦の縛りプレイについてとかそういうのが求められてるわけじゃないですよね。

そういえば小学校の卒業文集で書くことがなかったからゲームのパスワードで行を埋めたこともありました。小学校の頃から成長したところを見せるためにも多少なりとも意味のある文字で埋めようと思います。反社会的内容の後書きにするなともしろともいわれませんでしたが、それくらい自分で判断できます。そう、私は成長している！

　私は成長しているので素晴らしい集中力を誇ります。ちらっと頭に浮かべばもうネット麻雀をしているので、アカウントとパスワードを削除しました。ついついフリーゲームで遊んでしまうので友達に預かってもらいました。ネットに繋がっていると余計なことをしてしまうからアダプタを抜いて家族に「返せと泣いて頼んでもあと三日は絶対に返すなよ！」などとお願いしました。おかげで電話が繋がらなくなってS村さんが大変でした。

　このような自制の果てに今作が完成しました。頑張った。

　前作では一つの都市を舞台にして魔法少女が活躍し、あるいは活躍する前に殺されましたが、今作ではゲームの中で殺し殺され合っています。真正面から殺したり殺されたりするというより密かにこそこそと殺したり殺されたりします。こういう密やかな殺し合いも良いよねと自画自賛しています。

　あ、後編ではもっと派手に殺し合ったりしますよ。もっと派手なのがいい！　という方はきっと後編も読んでくれればいいと思うな！

　それではまた一ヶ月後にお会いしましょう。私は今からアダプタ外してきます。

本書に対するご意見、
ご感想をお待ちしております。

| あて先 |

〒102-8388 東京都千代田区一番町25番地
株式会社 宝島社 編集2局
このライトノベルがすごい!文庫 編集部
「遠藤浅蜊先生」係
「マルイノ先生」係

このライトノベルがすごい!文庫 Website
[PC] http://konorano.jp/bunko/
編集部ブログ
[PC&携帯] http://blog.konorano.jp/

このライトノベルがすごい!文庫

魔法少女育成計画 restart（前）

（まほうしょうじょいくせいけいかくりすたーと・ぜん）

2012年11月23日　第1刷発行

著　者　遠《えん》藤《どう》浅《あさ》蜊《り》

発行人　蓮見清一
発行所　株式会社 宝島社
〒102-8388　東京都千代田区一番町25番地
電話：営業 03(3234)4621 / 編集 03(3239)0599
http://tkj.jp
振替：00170-1-170829 (株)宝島社

印刷・製本　株式会社廣済堂

ISBN978-4-8002-0182-9

『このライトノベルがすごい!』大賞 作品募集中!!

『このライトノベルがすごい!』のコンセプトが、〝ホントに面白い作品を紹介すること〟なら、この賞のコンセプトは、〝ホントに面白い作品を生み出すこと〟。面白いものを見逃さない『このラノ』編集部や「読み手のプロ」、「販売のプロ」たちが、新しい才能を発掘します。

賞金総額 1000万円!

大賞賞金 500万円!

※1次選考通過者全員に評価シートを送付します!
※選考の進行状況と選評は、公式HPで順次発表!
※各賞名・金額は変更になる可能性があります。

締切り

第4回締切り
2013年1月15日(火)
※当日消印有効

応募先

〒102-8388
東京都千代田区一番町25番地
宝島社
『このライトノベルがすごい!』大賞
事務局
※書留郵便・宅配便にて受け付け。持ち込みは不可です。

応募要項や専用プロフィールシートは、公式HPをチェック!

PC
http://konorano.jp/

携帯
http://konorano.jp/mo/